字母會 H偶然

L'abécédaire de la littérature

H comme Hasard

L'abécédaire de la littérature:
H comme Hasard

目次

字母會

偶然

楊凱麟

H如同「偶然」

H comme Hasard

文學迭經二十世紀幾代作家的思考與實踐之後，並未朝向法則的豎立與鞏固，因為文學作品從不是依循文學典範而生，而且相反的，書寫無有法則且總是逃離法則。尼采與馬拉美都曾明確指出這種「無法則的世界」，如同是擲骰子，這兩人不約而同這麼說。每一次出手都重新肯定偶然的力量，「骰子一擲絕消弭不了偶然」，而且正是在此誕生著書寫與思想的嶄新可能，作家因棄絕既有法則與理論而使書寫與偶然有著親緣性。文學因來自域外的力量而存在，在一切典範之外與各種偶然相遇。在翻開書頁的一瞬便重返致使書寫成為可能的這場相遇：抹除法則，與偶然相遇，從域外闖入與流變為不可預知。作家因引入這股力量而得以書寫「活生生的作品」，必然也成為這場骰子賭局的獨特祭品。

以偶然而非典範來思考書寫，文學因法則的缺席而被每一位作家重新問題化，而作家則因書寫使得文學的空間重新開敞，與一切生命相遇。

追求任何明牌與指引都是因為不夠相信偶然的威力，必須肯定偶然，即使窮盡一切可能性亦無法抹除偶然，因為偶然來自可能性之外，也在一切法則與歷史之外，文學因為這個本質性的「外部」而能對各種既定形式提出獨特的反思。

書寫與閱讀都應該回返到這個文學誕生之地，如同法國哲學家南希（Jean-Luc Nancy）評論巴代伊（Georges Bataille）時所說的，書寫同時必然也是一種「外書寫」（excrire），無法則且自域外闖入的偶然以「外書寫」的方式構成文學；作家書寫各種故事與故事的變形，但卻是為了能「外書寫」不在語言中的「事物自身」。生命的意義在書寫的內外翻摺中無窮流變，偶然一次又一次地侵入被書寫的紙頁，迫使文學重新朝域外開敞。

文學因為與偶然與域外的關係而總是意味著自由，這便是書寫者所存活的文學空間。每一次都是對文學既有形式與意指的「卸載」，這是何以卡夫卡說他的書寫是為了「未來的人民」；書寫伴隨著做為其外部的偶然，但這同時亦是一切文學的必然：將域外的混沌與偶然凹摺到書寫的拓樸學核心之中。

沒有盡頭，只有起點，書寫是為了逃離法則重新開啟域外，作家書寫故事的必然性但卻「外書寫」生命的偶然。「因為巴比倫就是偶然的無限賭局」，波赫士這麼寫道。

從知識的界限上踮起腳朝外眺望，背對典範，再一次肯定未知的偶然與無形式的力量，文學的真正賭局啟動於此，在一切建制的盡頭是書寫的起源與零度，而正是在此有偶然與機遇的全面啟動。

字母會

胡淑雯

偶然

H

偶然

Hasard

接到電話的時候，我正在計程車上，打來的，是一個多年不見的老同學，他沒有介紹自己，也沒有確認我的身分，劈頭直說，「凱同死了。」

「什麼？」

「凱同死了。」

我沉默著，墜入話筒深處，絲毫不感到意外，隨即意識到現在的電話叫作手機，再也沒有話筒，沒有糾纏的線路，也沒有物質的深度了。只有聲音還是舊人的聲音。

「他最後在哪裡？」我問。

「據說是在一間鄉下的旅社。」

唉，這聽起來果然很像他啊。

消息走了一圈，昔日的同學一個接著一個，在電話那頭「啊」了一聲，嘆了口氣，沒怎麼掙扎就接受了這件事，至多再問一句，「通知他家人了嗎？」可見大家的心裡都有了底，知道他遲早會死，而「遲早會死」這幾個字，套在凱同身上，就是「早死」的意思。

死亡是逃避語言的。但事情落到凱同身上，大家用的都是「死」這個字，而不是「走了」或「過世」這種，比較祥和穩當的詞彙。似乎，凱同在最後一刻，依舊狠狠地瞪視生命，謝絕「乾淨」、「完整」、「健康」，謝絕「愛自己」。凱同怎麼死的？同學們各有各的線索與判斷，沒人說得清楚。

阿傑最後一次見到凱同，是三年前，他還在臺南工作的時候。「凱同跑到市政府來，指名要見我，在機要室門口被擋了下來，當時他長髮及肩，很醉，我分不出是酒還是藥，也許都有。他的身體已經有一點味道了，臉頰有新鮮的傷痕，溼溼的，裂著血，彷彿還冒著熱氣。我問他需不需要看醫生，他說不用，我問傷口是打架還是自己摔的，他說忘了，一會兒又說不干你的事。我知道他是來找我幫忙的，但他一點也沒有求助者的慚愧與卑微，他就是有那種能力，讓我對自己的『奮發向上』感到抱歉……」阿傑說。

每一件成功的事業，都幹過至少一件不可告人的事。這是凱同說過的話。這種格言般簡約的觀點，是凱同的盟友，為他的作為——沒有作為之為一種作為——抹上道德的驕傲。但道德是缺乏神采的，凱同曾經這樣告訴我，「我跟阿傑的差異絕對不是道德的，而是美學層面的。妳知道我的，我是一個沒有良心的人。」

那一次，阿傑決定不主動送錢，他要等凱同自己開口。這是他捍衛自己尊嚴的方式。阿傑曾經出過醜聞，上過報紙，是收賄一類的事。一審無罪，二審還在等，但畢竟起訴了。凱同顯然是通過新聞的描述，掌握了阿傑的動向。有身分的人是最好找的，凱同這幾年找上的，都是有名有姓有辦公室的老同學。而辦公室也提供了最好的下臺階，隨口製造一點假性忙亂，就能結束一場尷尬的會面。然而那一天，阿傑撐不到凱同自己開口，率先把皮夾裡的現金全數交出。阿傑決定讓凱同再贏一次。身為一個在世俗翻滾的，不徹底的人，阿傑懂得人的渺小、倉惶，他寵愛老朋友，也渴望得到朋友的寬諒。

凱同拿了錢，不道謝也不說再見，一雙媚眼盯著阿傑，搖晃著不定的身體，以廢物般的慵懶疲怠，與阿傑的成熟與效率對峙著。拿了錢就告辭，未免有失尊嚴，凱同請阿傑吸菸，一邊觀察阿傑如何撤退、如何開口請他離開。這是凱同的樂趣，他寫了幾個未發表的劇本，對人性充滿興趣。我讀過他的筆記本，他是一個使用鋼筆的人，對寫字有著執拗的愛。

同學間稍有一點成就的，找得上辦公室的，凱同都去造訪過。「最後一次見到他的時候……」這句話，成為同學之間，每一則回憶的開頭。許多時候，凱同沒見到想見的人，這句話就會變成，「他最後一次出現的時候……」

彷彿他是一頭稀有的獸，一陣猛烈的風，一襲曖昧的疼痛。良心疲憊的時候，友誼耗弱，人情變薄，老同學就開始躲了。

「他最後一次出現的時候……」小郭沒有閃躲，當時他在曼谷出差，午夜將近一點，被臺北的電話叫醒。凱同找上小郭經營的旅館，電話是櫃檯的員工打來的。凱同在電話裡告訴小郭，他需要找個地方過夜。那個冬天特別冷，凱同說他需要洗個長長的熱水澡，一趟溫暖的睡眠。小郭請員工安排了房間，差人去便利商店買了兩套保暖的內衣褲、一點宵夜、幾包菸。凱同睡醒了就走，倒沒有拖泥帶水。

「我以為他會多住幾天，但是他沒有，」小郭說，「他的浪蕩是實實在在的浪蕩，不打折扣的，即使無家可歸，天冷又缺錢，他還是不想待在原地。」

「也許他無法待在原地，」我說，「也許他無法控制自己。」

至於我呢，最後一次見到凱同，是在清晨三點多的病院裡。那天傍晚，下班尖鋒時段，凱同在一截快車道上來回奔跑，竟始終沒出車禍，累了就躺在安全島上。根據警方的筆錄，凱同當時迷醉、狂亂，像是嗑了很多藥，聽不進也聽不懂別人的話。他憤怒，高亢，四面咒罵，一見警察出現，馬上脫光全身的衣物，赤身挑戰道路的秩序。警察奪走他褪下的衣物，張開他的外套，撲身遮覆他全裸的身體，雙方扭打起來。凱同吃了幾拳，上了銬，先是送進警察局，夜裡鬧得不成樣，再被送進精神病院。

醫護施打了強力鎮靜劑，給了凱同四個小時的強迫睡眠，醒來時已是半夜三點。因為失眠的緣故，我是當時唯一還醒著的人，凱同在電話裡找到了我，他不願意在醫院留置到天亮，要我馬上將他贖出來。半夜的精神病院，急診室熱鬧非常，像一枚發炎的喉嚨，腫脹著各種恐懼、憤怒、與哀愁，分不清誰是家屬，誰是病患。

我花了半個小時走完程序。離開前，醫師要求與我單獨談話，手上捏著一份文件，說，「我們替他驗了血，我認為妳有權利知道驗血的結果。」醫生表情嚴厲，像墳墓上的泥。

「為什麼要替他驗血？」我問，「這樣合法嗎？」

「這是標準程序，」醫生說，「為了釐清他的譫妄，是否受到藥物或酒精的影響，我們必須這樣做，否則會誤診，也會用錯藥。」

我說我不是他的家人，也不負責照顧他，你確定要告訴我嗎？我有權利知道什麼？

「她並不是我的女朋友，好嗎？」凱同插嘴的時候，醫生看著他，眼中帶著責備。

「我認為這位小姐有權利知道我打算告訴她的這件事。」醫生說。

「你大可以當著我的面，告訴她。」凱同說。

為什麼？我問醫師。如果疾病是隱私，為什麼你可以向我透露患者的隱私？

我望著醫生，發現這一刻的醫生並不是醫生，而是一個人，一個不高興的人。我看著他的名牌，停在他的名字上面，不是因為我想投訴或舉發，而是，我想讓他知道，我可以藐視他的權威。他似乎在對凱同生氣，渴望動用自己的權威，懲治這桀驁不馴的人。

其實我早就知道了。早在幾年前，凱同就將事情寫下，寄給了我。於今回想起來，再對照同學們對他死訊的反應，我猜，凱同應該向許多人告解過吧。他向來就是一個暴露狂啊。

「我是被暴力打開的。唯有暴力可以將我打開。我被人強暴過。那是在高中二年級，學校的男廁裡。一個學長將我壓在牆上、洗手臺上。很痛，那是我的第一次。但是，除了痛以外，還有比痛更複雜、更重要的感受。那是我不敢承認的感受。那個男孩是我一直喜歡的人。痛過之後，有個東西被解開了，我好像認識了自己。

強暴這種說法，嚴格說來並不準確。至少，我所經歷的，與女人所經歷的一點也不相同，沒有被橫奪了童貞的感受，也不覺得自己被弄髒了。畢竟我，身為男性，從不曾像女性受困於貞潔的想像。我的肉不是金銀而是廢土，賤價也賣不出的。既然如此，為何我會使用強暴這個詞呢？

一開始，是沒有其他的字彙可用。除了『強暴』，我無法描述那種被暴力強行打開的孤獨。那是處子的孤獨，不是處女的孤獨。我可以這樣說嗎？——性暴力加諸於女人的，與我所經受的，是不同的範疇。長大以後，有了『性侵害』這種說法，我覺得這個詞於我比較合用。

我跟那個男孩，那個在廁所裡壓制我的學長，默默交往了幾個月，直到他畢業，早我一年離開了那所高中。我經常在夢裡反覆重回那間廁所，回憶當初，我是如何一半挑釁一半勾引，誘使他對我施暴。是我招惹他來招惹我的。而這個被陽光欺瞞的、心性單純的男孩，一直相信自己傷害了我。把錯誤歸給他，我就能不斷地通過挑釁與虐待，完成自己的肉體。我讓對方侵入我，貫穿我，借以吸收對方的陽剛，同時認識了他的陰柔，因而更愛自己的陰柔。

從小我就不瞭解自己，害怕自己，是我對自己的恐懼誘發了那些指向我肉體的暴力。唯有暴力可以將我打開。唯有借助外力，我才能打開那令我害怕的我自己。經由鐵器般撞擊出血的性暴力，打破對自己的恐懼，逼我承認我是誰。我邀請暴力的介入，搗毀那自我逃避的傾向。

與學長分開後，我開始去三溫暖，讓自己經歷更多的男人，更多的暴力。在我精心設計的劇場中，我從來不曾主動開啟任何的肉體接觸。我擅長通過眼神與穢語，讓別人主動侵入我，貫穿我，彷彿只有這樣，我才能得到豁免，讓自己成為受器，毋須對自己的所作所為負起責任。為何我如此害怕自己？——這個問題我想了幾年，就逃避了幾年，它在我的體內鑿出了一個破洞、一口無底深淵，我只能以暴力填滿它。

ＨＩＶ，是我給自己的終極暴力嗎？不，它只是暴力的副產品。感染之後，我停止光顧三溫暖，似乎不再需要通過外力了，我可以自行對自己施暴。當我在自己的手臂劃滿刀痕，就好像經歷了奇異的恩典，從少年開始一再重製、鞏固的那種受器以致受害的想像，就此遠離了我。這是自殘還是自救？我至今依舊不明白。

妳以為這是一個同性戀，肛交者，或愛滋感染者的告解嗎？不。我所認識的我自己，遠不及於我所是。也許妳也是這樣的人。妳聽說過那個活在前蘇聯時期，十四歲的自殺者嗎？他從小學開始就在問，有沒有早於生命的世界？早於生命的時間？這問題，他問了五年，也許七年，並且通過終止生命來追尋這可怕又可愛的問題。一般人會認定，這問題蠢到不值得去想。但我在他的故事裡，得到異樣的安慰。雖然我跟他並不一樣。」

回到那個晚上。離開醫院，我與凱同站在街邊，抽了幾支菸，我不准剛剛藥醒的他繼續喝酒，找了一家營業二十四小時的飲茶店。一落座，凱同就捲起袖子，展示他的手臂，那上面，有新新舊舊層層疊疊的刀痕，刻劃著時間，與無窮往返的道路、逆流、與死路。他一道一道說著疤痕的故事。那些疤痕當中有我。

「妳相信嗎？我真的愛過妳喔。」凱同說。

「屁啦。那不是愛情。」我說，「這是業餘的刺青吧，你在雕刻你自己。」

「是嗎？」凱同輕蔑地笑著，「妳不錯喔，唬不倒妳。」

我與凱同那段，短暫的「假性戀愛」，就算曾經走過精神的激情，然而床是死的，皮膚是涼的，咖啡是冷的，只有書桌是熱的。精神上的激情，源自凱同的內在矛盾，他喜歡跟我說話，在書桌前徹夜長談。

「與其說你愛我，不如說，你需要去愛一個人，尤其愛一個女人。」分手的時候我說，「你在對自己實施心靈繞道手術，我只是你的工具。但是你放心，我沒有受傷，因為我沒有愛上你。所以，請你不要謊稱愛上了我，你應該看不起自欺欺人這種事吧。」那是一場失敗的戀愛實驗，所幸那實驗只進行了不到三個禮拜。凱同無法在謊言中活下去，也無法在真實裡得到平靜。

那一夜，徹夜不睡的茶館中不眠不休的人繞著一張張的桌子打牌，抽菸，上網，追劇，打怪，那頹廢燃燒的氣息，令患有失眠症的我感到熟悉，進而引發輕微的恐慌感。我想離開那裡。

上菜以後，我暫時拋下自己的衛生習慣，不堅持使用公筷。其實凱同與我之間，從來就沒有這等親密感。我之所以與他共食，攪混著唾液，只是因為我怕他以為我害怕他。倘若眼前的人感冒了，我會避免與對方交換口沫，一旦遇到ＨＩＶ，事情就變得複雜萬端，成為政治問題。我對這樣的表態感到厭煩，但我知道問題不在凱同。問題出在別人身上，例如幾個小時前，那個打算向我舉發凱同的，急診室醫生。

忽然，凱同像是洞穿了我的心事，放下嘴邊的食物，問我：「妳有沒有想過，也許那時候，我不是不想要妳，而是不敢要妳？」

「你是說，為了保護我？」

「對呀，有沒有可能？」

「這沒道理。你連自己的命都懶得珍惜，哪會珍惜我的命？」

「妳怎麼知道我不愛妳？」

「拜託，不要跟我調情。」我說，「主要是，你那裡太冷了，你的房間跟你的身體一樣，太冷了。」

身體知道的，比你想像的更多，也更深。最深的都藏在表面。誰都別想欺騙身體。凱同是一道冰冷的河灣，我在那河灣裡失溫到即將溺斃之際，奮力游過了千山萬水，好不容易爬上岸，花了好久的時間讓自己回溫，刮除河灣裡那些潮苦溼黏的、受困的記憶。該蒸發的都蒸發了，該走的都走了。

「你別再拖我下水了。」我對凱同這麼說。

凱同狂妄地大笑，擡起絕不服輸的下巴。在我看來，那是一種自貶式的大笑，別有一種張狂的、戲劇化的魅力。一種想要不斷感染他人、感染環境的擴張性。這是他的貪婪，也是他的勇氣。他會繼續闖禍、繼續跟人幹架、繼續進出警察局、被送進精神科，撲倒周身的事物，或等著世界向他撲過來。

我環視清晨六點的飲茶店，感覺自己的腦袋鬧烘烘的。我直直盯視凱同，一語不發，我知道凱同遲早會死。他不會死於疾病，也不會死於自殺，因為死亡，那專屬於凱同的死亡，早在被醫療與葬禮認證之前，就已經開始了。

「這裡好冷，我想走了。」我說。

「好啊，我們去看清晨的一〇一吧。」

「為什麼？」

「因為我每看見它一次，就感覺它又變矮了一點。」這是凱同對我說的，最後的一句話。

字母會

陳雪

偶然

H

偶然

Hasard

「今天下午我看見那個人了。」她說。

「誰?」他問。

她才想起自己未曾告訴過他那件事。

對啊，好久沒有記起了。那個人。那件事。

曾經，那個人的臉孔占據生命版圖很長時間，與其說做為一張足以辨認的臉，倒不如說那是一張被描述出來的面孔，然而內容卻是空白的，時常因為記憶的晃動而改變，對於那人，唯一可以確認的是「五公分左右的黑捲髮，鵝黃色襯衫」，但這兩種都是可以輕易置換的，從事件之初，她所想到的先是如何安全逃離，接著是「一定要記住他的臉」，彷彿是過度集中心力就逐漸消散的霧，當時她對自己的記憶力並不像二十年後的現在這般沒有信心，是啊，她吃安眠藥已經二十年整了。

二十年，曾以為會影響終生的事竟已經許久不曾說起，她有一種奇怪的罪疚感，然而印象如此模糊，除了當時為幫助記憶而設計的那些形容，變成如標語般的具體存在，「腫而泡的雙眼」、「內雙眼皮，眼皮腫大」、「眼白偏黃，有血絲」、「鼻梁可說是挺直，也可說是在兩眼之間一項奇怪的隆起，鼻孔偏大，鼻翼顯得很硬，近距離可以看見鼻毛沒有經過修剪」、「皮膚粗糙，有青春痘的疤痕」、「眉毛雜亂」、「牙齒不整齊」。

這些描繪都非常空洞。

那是一張愈是深入追究細節，就愈難以對他人陳述的臉，既不凶惡，也不醜怪，當然稱不上好看，更不可能是英俊，就是那樣一張會融化於公車站，或便利商店，廣場或街頭，只要現場超過十個人，除了他那醒目的黑捲髮與黃襯衫，就能將他與其他人攪混，她甚至懷疑他是因此才穿上黃色襯衫，目的是為了讓她搞錯重點。

所以她才在整個過程裡拚命地想要記住他臉部的特徵，她像觀察小學時代上自然課從顯微鏡裡觀看草履蟲那樣，將眼前所見的五官放大，又設法將它們縮小，在那粗略估算約二十分鐘的過程裡，她一直凝望著他在她上方不遠處的臉，太近了，有時她真希望能像伸縮鏡頭那樣，設法拉遠距離，讓自己可以有更全面的觀察。

牢牢記住。

曾經她是那麼迫切地想要對人描述，是那樣的黑捲髮，黃襯衫，金魚眼，蒜頭鼻（這是後來才發展出來的詞彙），但這些字眼與她記憶中的那張臉又如此不相關，在她記憶中已經特殊化的臉，變得難以用文字表達，因為在她記憶的當下，都是以圖像儲存的，而她一直以為她會有機會面對一個類似於「臉孔拼圖」的質詢，會有人將各式各樣的眉毛，嘴形，臉廓，在一個被放大的圖紙上頭，透過一位專業的素描家，或者面部辨識專家的引導，一一確認比對，最後，那人的臉孔會像魔術一般，在那張白紙上再度重現。

好萊塢電影看太多。

「怎麼回事？」他問，戀愛三年，結婚五年，她從未對他提及那件事。

怎麼可能？但是真的，她以為必然重要到將她人生全部翻覆的那件事，那個人，以及其後發生的種種，經過二十年過去，已經被後來更多事件遮蓋，她忘了要對他描述，她竟然忘了。

然而那就像深埋於記憶某處，依然完整不動地存留在那兒的「時光膠囊」，在這個夜晚，在她與他隔著公車車窗擦身而過四個小時之後，這四個小時她做了什麼？沒有與那人相關的，當她終於試圖要將那件事對她丈夫說出來時，她發現幾乎沒有那個必要了。

「怎麼回事？」丈夫追問，但又像只是隨口提起，「誰？」想知道，但不想說也可以。

她是嫁與了這樣一個丈夫，在那個二十三歲的午後不曾想像過的，平淡而疏遠的婚姻生活，無災無難的將來，四十歲的自己與那個二十三歲的女孩感覺不像是同一個人。

◆

那是個星期天的下午，凌晨才下班，睡到中午起床，簡單梳洗換了衣裳出門，騎摩托車去大學區吃過午飯，騎車回家，打開鐵門進屋想起錄影帶到期未還，已經打包好的一袋四捲錄影帶就放在書桌旁，想順手抓了就走，她把門敞著，大門到書桌幾步路而已，她連鞋子都沒脫，她提起袋子，聽見門砰地關上的聲音，回過神來，那個人已經在屋裡了。

無論多少次回想，她依然覺得那是個不可能發生的片刻，就像走進廚房突然變成在美國拉斯維加斯賭場，或者電梯門打開看到的卻是沙漠，不，是比那些都還要怪異的畫面，她聽見關門聲立刻回頭，黑色捲頭髮黃色襯衫的男人就站在她眼前，距離大門只有兩步之遙，真的，把手伸長一點就可以碰到，那人擋著門，即使不擋，一道鐵門隔開所有，她為何沒有放聲大叫，或許是詫異，被驚呆了，或許只是單純的絕望感瞬間將她麻痺，那是一種奇怪的麻痺，癱瘓了所有思考，一方面還拚命想釐清到底發生什麼，但現實感卻又無可避免地將她擊倒，她努力集中注意力設法透過那人的身體遙望大門，那人似乎發現了她的視線，不知從什麼地方拿出的報紙裡拉出一柄菜刀，是那種家常裡媽媽都會拿來剁肉的方形菜刀，男人、報紙與菜刀的出現都像魔術一樣，在她來不及辨認的腦袋裡，快速運轉著各種可能，同時努力辨別著，「這不是一場惡夢」，不能任由自己的情緒推拉，得清醒一點，「振作起來」她幾乎發出這樣的警告聲，男人說話了：「叫也沒有用噢，大聲叫的話刀子立刻就會刺進妳身體裡，非常痛噢。」不知哪裡學來的說話方式，故意顯得輕佻與幼稚，男人輕輕晃動那柄刀，日光燈照射下刀身看起來並不特別銳利，那種家常的鈍重卻使人相信刺進身體的疼痛，如刀俎上的魚肉被家常地宰殺。她並沒有要放聲大叫的念頭，在這棟老舊的電梯大樓裡，從早到晚天井裡都會傳來各式各樣的聲響，尖叫或喘息，吼罵或哀嚎，就像大樓的電梯每次上下都會發出刺耳的嘰呱聲，但無論發出什麼聲音，都不會有人出來探看。

她很快認清了局勢，無有可能從男人身後闖過，打開鐵門，直奔門外，而另一面的鐵窗則是完全封死的，搬來時情人L就曾確認過鐵窗的逃生門的鎖頭已經卡死，更何況，打開鐵門難道往天井裡頭跳嗎？這裡可是五樓啊。

當初L完全反對她搬到這棟樓，「太危險了」他說，當時想到的是竊盜、火警之類的，想到大樓裡龍蛇雜處，甚至可能就有應召站，L對於這一帶「風化區」的風評甚為瞭解，但等他知道且親眼看見時，押金租金都已經付了，她請了搬家公司把從大學附近租屋搬出的物品搬入這棟舊樓的五樓獨立套房，原意也是為了獨自生活，為逃避與家人的衝突，結束與L無望的關係，或者說，企圖展開一種想像中的成人生活，找一份工作，一間租屋，從頭來過。

憑著一種執拗或衝動或者某種難以說明的天真，她回到她童年居住過的這個區，她想像一種生活，是獨立自主，且在她掌握之中的，二十年前的租金就高達五千元的這屋，不過五坪大，裡間是彈簧床，床邊陽臺被鐵窗封死，窗戶朝天井，白日裡也不明亮，只能靠著從高高天井頂端洩入的殘餘天光，望見四周皆把衣物往天井延伸出去的鐵竿子上掛，旗幡似地，晾曬出一種腐臭味，除了曬衣桿，還有突出的排風扇。不分日夜都有人在炒菜、打架、性交、處罰孩子、揍毆老婆。

單是這天井的氣味與畫面就該知道應該遠遠逃離這座樓，而不是傻傻地租下來。

她曾經探險般地從樓梯上下，經過四層樓的門廊，都是臭鞋的味道，有些樓梯被雜物堆得滿滿，得費力跨過小孩腳踏車、嬰兒車、破爛椅子、麻將桌之類的大型物品，跳躍式地穿過不知哪來這麼多的鞋子，才能上到自己的樓，一層三間房，不知其他人的住處大小。她對門住了一個胖子，長相猥瑣，曾她在入門前喊住她，與她招呼，說自己也是新搬來的，多多照應，那時她可曾感到恐懼？一種對於獨立生活的渴望與對L、父母的反叛強烈過恐懼，甚至是一種刻意要往危險裡走的衝動，似乎只為了彰顯她還有選擇，她刻意選擇了這座樓。好像要宣告自己不再是小孩子了，她可以忍受痛苦。這種刻意的選擇。

錯了。

然而男人可是這棟樓的住戶？無從想像他到底是否隸屬於這棟該死的樓，或者他其實一路尾隨也不知跟了她多久？多遠？她想起停放摩托車的地方，是家豆漿店，隔壁，是麵包房，大樓就像電影裡的香港，大街上車水馬龍一轉進巷弄就是蛇鼠之窩，小巷裡隨時會竄出拿刀子追殺著誰的黑道人物。

這不是電影。這是真的了。男人的刀柄發出老舊的光澤，依然構成威脅。

後來都是協商了。她甚至感覺到男人也是緊張的，鵝黃色襯衫是尼龍材質，不起皺，把他熱出一身汗，他說：「乖乖聽話，不會傷害妳。」她問：「怎樣聽話？你想做什麼？」這般對答不是故意拖延時間，在二十年之後她回憶起來仍感覺出自己那種因為電影看太多而產生的戲劇性格，絲毫無法在這個密閉空間，與這個看似狡猾、卻又顯得執拗的男人，創造出什麼具有更佳效果的「脫逃計畫」，沒有用，她唯一能做的也只是順從並保護自己。

「我有一個要求，你要戴保險套，因為我半年前流產，如果再懷孕的話會有危險。照做的話我會很乖。」她說，半年前確實做了流產手術，男人問她保險套在哪兒，她說放在書桌右邊抽屜，男人湊近書桌，還先好奇地拿起桌上的相框，裡頭放置著她與男友的照片，她嫌惡地望著他像捏起什麼似地拿起那個她寶貝的相框，卻又欣喜地發現他為了拿穩鏡框，指紋都印在上頭了。

整個過程幾乎沒有太多疼痛，簡直像是一對交往多年已經沒有情趣的夫妻，例行公事般的性行為，床鋪發出呀呀的叫聲，男人喉頭吞嚥口水的聲音，他的西裝褲褪到腳邊，蹭踢雙腿時會發出摩擦布料的聲音，保險套的橡膠氣味，「都是無用的線索」。男人離她太近了，使她的雙眼失焦，但她仍費力想要記住他的臉，因為相距過近而被無限度放大的臉孔，變得不像真人，而像是一片被礪石磨搓過的硬地，凹凸不平，她得在這個距離設法把眼神望遠，回到他剛進門時說話動作的樣子，在大約十多分鐘的過程裡，她僅能反覆地用各種組合設法記憶這張臉，這個人，以及所有事情發生的「起始」，期待等會事件結束如果沒有被殺掉的話（但她很確定男人不會傷害她），她會將印著他的指紋的相框，裝有精液的保險套以及擁有絕佳記憶力的自己，當作最佳的「犯罪現場證據」帶到警察局。

開始與結束都很快速，男人扣上皮帶的聲音，他還細心把襯衫紮好，她在等他穿衣服時，自己一直都是裸體的，好像希望可以連這個裸體也當作犯罪證據一般，分毫不動，男人行事並不謹慎，包括擦拭體液的衛生紙，與用過的保險套，都隨意扔在床頭，她凝望著這些證物，彷彿企圖以眼光將之凍結。

「為什麼挑上我？」她問，儘管知道得到答案的機會微渺。

「我只能說，不要隨便得罪人。」男人留下一個意味深長的答案。

「事後」，她幾乎在男人離開房間，把房門緊緊關上之後，立刻就打電話給她男友，在男友趕到時，他們前往最近的分局報案，這部分倒是跟她計劃的不同，她以為會有警員（或者犯罪小組鑑識人員）開著警車前往她的住處，將整個房間拉起封鎖線徹底搜查。結果只是她用塑膠袋小心裝起相框、衛生紙與保險套，搭上男友的車到派出所報到。

如今回憶起來還感受到那天的羞辱與失望，員警們若無其事聽她鉅細靡遺地訴說過程（表情略顯不耐），做完筆錄，就請他們離開了。她才知道因為她還能活著離開現場，還能親自將證物保管，使得這一切都像只是一場尋常的事件，沒有任何她想像中的描繪罪犯的「素描高手」，沒有比對指紋，沒有任何人在意那個人究竟長什麼樣子。

多年後這個夜晚，不，該說是下午，她在公車站牌時瞥見公車車窗後一張臉，確實就是那個人，就是她曾失心瘋般在大街上一張臉一張臉尋覓過去，她無數次想著「如果有一天遇見他」的那個人，慢慢發展到後來，自己也納悶如果遇見他要做什麼，那件事在生命裡留下的痕跡，所謂的傷害、玷汙，或者更劇烈的什麼，都被生命裡更多更強大的事件覆蓋了，在她終於淡忘了那張臉的許久以後，那張臉如浮水印般在車窗後印出。

「到底發生什麼事？」丈夫問她，她才赫然想起，錯了，事隔二十年，男人不該還是那個長相，那張車窗後的臉，只是一張十分神似自己記憶中的「臉」，或圖騰，像是象徵一般的存在。

「為什麼呢？」她喃喃自語。

事件的發生與結束，那個人闖進屋子裡，離開，這所謂足以改變生命的大事，追緝，認凶，以及之後的遺忘，她一直以為都是因為當時與已婚的男人交往，自己執拗地遠離家人與正常生活的代價，「不要隨便得罪人」，這句話的意思，必然是她得罪了誰，冒犯了誰，或者說，她就是以錯誤的方式戀愛與生活，才把自己搞得被逼上無可退出的險路。

如今她幽幽想到，猶如二十年後過著平靜生活的她當初所不能設想，幸福、災難、平靜、與意外，這樣那樣敲擊過她的生命，使她疲於奔命，她赫然理解那人可能就只是埋伏在某個巷口，尾隨她上樓，誰知她竟然不關門就進屋，如此輕鬆得手。

「一切只是偶然。」她說，儘管丈夫不知道她說些什麼，所有生命裡的災厄，曾像烏雲，或者業障，將她逼上絕路，又使她死而後生。

那個人只是個「平凡人」，這件事只是個偶然，正如其他陸續來到生命裡的事件，如她降生於那個家庭，遭遇了L這個情人，她曾宿命地相信那種戀愛一生只有一次，願意為之赴湯蹈火，而事件發生後，他們也曾在悲壯的心情下悲傷地度過一段「哀悼期」，她以為自己會受到很大的損傷，可能再也無法戀愛、性交、信任男人，但實際上她仍繼續地談了許多錯誤的戀愛，直到生命的磨難將她磨成了一個懂得「趨吉避凶」的人，她在三十幾歲脫離了浪蕩的生活，跳上了婚姻最後一班列車。

是偶然嗎？或者，所有偶然事件組合成必然的遭遇，有段時間她對人的面孔執著，她腦中堆積了太多太多街上收集來的，「各種人的臉」，因為自己能準確描述那人的長相，卻無法辨認出他，她轉而在腦海中建立一座巨大的人臉搜尋機制，到後來終於在茫茫臉孔之海裡，遺失了那人真確的長相。

而即使到了今日，她以為遇見了他，也不過是久違了的幻影再次掠上心頭，她終於知道那件事不再影響她了，因為所有她以為的「必然」都被換成了「偶然」，某種耿耿於懷，無法卸下的重擔，就像被風吹斷的箏線，滑溜溜地隨風翻飛而走。

那張不曾兌現的「罪犯素描」，上頭可能的各種眉毛、鼻形、嘴唇、人中、鬍鬚、下巴線條，像畫滿音符的圖紙突然炸開成音樂，在她心中「崩」的一聲，完全散逸了。

字母會

童偉格

偶然

偶然

Hasard

H

父親過世那刻前後，我正在喝酒，也和學生們聊天，開幾個玩笑，看了一場球，賭贏五塊錢——這些，當然都是事後扣除時差，才對上的。去的是常去的，傑弗遜路上那家酒吧，它開到晚上十一點，在店鋪多早早打烊的大學城裡，已是罕見去處之一。開不過午夜的酒吧，當然是很不酒吧的，比較像課堂延長賽，總讓我有這輩子休想下課了的感覺。但我沒什麼好抱怨的。在我個人的酗酒會裡，能夠的話，「我想只聽不說」。每夜每夜，我衷心只想靜看兩班學生輪替來去——大約八點半左右，當酒吧電視播完當天直播球賽（一年到頭，不管什麼球），裡頭的運動員就漸漸走離了；九點半左右，華盛頓路的劇院散場，藝術家會聚過來，就地開起劇評會。有時，聽著聽著實在太無聊，我也會主動參與表演。我發現自己能解析任何一種球，評論任何一齣沒親眼見過的戲。近十年來，數不清多少夜裡，也有過那麼四五回吧，我的即興真能讓我有某種聖靈充滿的感覺：當我聽自己流暢地邊說邊想，邊想邊說，將異鄉語逼迫到一個接近胡扯，意義體系將要崩壞的臨界點時，我的眼淚突然就淌了下來；雖然，隔天睡醒，我實在是再也想不起自己到底都說過什麼了。在更多的更無記憶點的夜裡，我記得的也只是不管我哭了沒，大家反正聊得都開心。對我而言，能這樣，差不多也就足夠了。

酒吧關門後，我就開著車，沿那同一條傑弗遜路，越過大學城墳場，開回我住處，坐我餐桌前，就我庫存酒繼續喝，直到能將自己完全撂倒為止。我清理自己一向以來，重複所見，想起近十年前，我收到這所大學聘書，就連夜收拾家當，獨自從東岸滾過來了。我在一個大城市轉小飛機，再從最靠近大學城的小機場通關出來時，家當沒跟上，轉到不知哪裡了。我兩手空空，只握著一個剛在小機場商店買的，印有這所大學校徽的馬克杯，招輛計程車，奔過無窮無盡玉米田，瞥頭，望見平野上燦亮星空，無數流星更快疾射下，迅速結束，或在我終生不能追及處，持續它們漫長的死後之旅。我必須說，那時我覺得世界真他媽大，而小小的我，是有那麼點微不足道的孤單的。第一夜，我寄宿大學旅館裡，洗完澡，穿回臭衣物，我把房間附贈的瓶裝水倒進馬克杯，告訴自己：現在這杯水是半滿的。

我努力保持樂觀，像過往在東岸的求學歲月，在讀到死的研究小間，在福州幫吃到飽中國餐館的廚房，或在任一個險惡角落裡那樣，努力幫自己打氣。為設下挑戰關卡，我甚至願意努力去回想我指導教授（諢號「屠夫」）的模樣，我必須說，這不容易。就「細節上」，我記得他黑西裝外套袖管的織紋，脖子上的黑領結，臉這麼白，毛那樣長，有時彷彿留有小鬍子，而鼻梁總是歪一邊；但「整體說來」，我對他印象模糊——主要因為當時我太怕他了，且因身上總散發福州糖醋醬的氣味，使我羞於面對光潔的他，所以從未看清楚他。我盡力了，也平靜了。只有在這種情況下，我才敢借用房裡的紙筆，給父親寫一封短信。我其實只想報平安而已。

可能，真的並無絕對重大的因由——就像你總會在充滿重複徒勞的生活裡的某刻，突然就對某事徹底不耐一樣——在一個蟬鳴喧鬧到聽不見任何鐘錶滴答聲的盛夏傍晚，我母親，拋下摺到一半的衣服，出門，沿山坡路下行到火車站，趕上那班準時出站的對號快車，永遠遺棄了我們。你可以說，她對我們還是顧念的：她確認我哥，與彼時尚不能言語的我都還沉沉熟睡；她也知道，總是準時下班的我父親，至遲不過一小時內，就會返家了。一些年來，我偶爾會想起我酣眠在嬰兒床上，失去任何監控的那一小時；想像我無從知覺的諸多可能。在想念她之時，我毋寧願意相信（這很困難，但如果，你曾想念過任何你絕無記憶的存有，你會知道，在虛構場域裡，「相信」遠遠不是最艱難的），她就像是某些在字行與字行間隙，讀出另一本訊息之書的女巫般，只是窺見了某些我終生無能窺見的珍貴話語，於是深受指引，像一切趨光生靈，走向真正自由的所在了。我毋寧願意深深祝福她，像祝福身在異鄉的我自己。

在怨恨她伊時，我詛咒她很快就會發現，最好在甫下火車時第一眼就看穿，世上其他小鎮，不過就是我們那庸常小鎮的複製——所謂「世界」，就是全部庸常小鎮的大規模串聯與總集，它壓倒性地包圍你，而你是擺脫不了什麼的。在既不想念，亦不怨恨她的時候，我也和世上大多數人一樣，也曾深自好奇自己的記憶是如何起始的；也曾努力想用自己方法，明白從記憶起始那刻起，穿過整個啟蒙年代，一個人記憶的，暫時遺忘的，之後又在更龐然語境中，孤兒般艱辛重尋與重建起的，如何深切影響獨「我」一人，一生裡全副作為，或因於報廢的無為。當我更深切明瞭，非常可能，上述一切，不過是自我的詭戲時，我已無可救藥地，長成一個異常悲傷的人了。然而，我猜想，這樣的詭戲還是有其自利的輕省的，起碼，在這世上，它讓我，永遠將自己看待成是一名學徒——而你知道：學徒對自己會成為什麼樣子，總是並不需要負全責的。

自我母親離開後，我哥學會了我父親的沉默；我則學會說話。我哥讀書最後一年，我進了同一所國中。我試著再問他功課，發覺他可能還是真的什麼都不會，但這卻似乎無妨，他每天還是精神奕奕，清早霍地從上鋪跳下，發出驚人巨響，這時我就知道，該起床上學了。之後一整天，我就聽不太見他的聲響了。他去學校，像是專程為了和朋友一起受罰，有時是為了邊走邊吃喝，所以被罰咬鋁箔包半蹲；有時是因為打掃兼打鬧，所以半蹲咬抹布。那所國中熱愛罰人咬東西，也許，僅是因為那噤語不動之姿，很有擬物的戲效。特別，是在司令臺後方，那道幽深穿廊正中央的公布欄前，在那對「生命的意義在創造——／生活的目的在增進——」的天降般漫長對聯的夾伴中，當你在最底下猶屈膝，兩手平伸向學校各處室，嘴裡還咬著垃圾時，你整個人很具體，就像是你正咬著的東西，而與全宇宙全人類都無關了。這樣的放逐完全經濟，不浪費力氣，比之於動態世界裡，無處不在總體動員，公告周知，且猶一再反復對彼此宣講的一切嚴肅話語而言。

「生命的意義」旁有道階梯，人們從那裡登上司令臺；「生活的目的」旁亦有道階梯，人們講完話，從那裡下來。登上司令臺，適應總一時過亮的光度後，你放眼就看見那占學校一半腹地的集合場。越過圍牆，你看不見山下街區，但特別晴好的日子，你會望見一點鐵道，以及更遠方，一角和我們彼此都真的無關的海。你可以說，那個適於遠眺的位置，存在一種必然誘引，一種這所學校以其空間邏輯，對其被啟蒙者最深入內心，卻亦最普照表面的教育：站在那裡，俯瞰所有人伊時，你當然亦被厚贈某種獨特餘裕，得以逆反於所有人被規訓的視角，享受那麼一點他們不被允許觀望的；縱使，那可能僅是一點灰撲撲的遠景。然而，如果你問我，人們爭奪發言位置是為了什麼？離開那所學校多年後，我才恍然理解我依於本能，其實一直都明白的：可以，僅是為了一點只有特權能及的，殊少的無意義。

我一邊想著這種無意義，一邊給父親寫一封平安信。月餘，父親的回信就寄到學校裡來了。信的內容，像一首喜孜孜的新詩，大致是這樣的——「兒啊，」父親說：「我退休了，生涯都規畫好了，財產都『處分』成新臺幣了，因你如今是外國人了，所以不給你。一半給你哥去生活，一半給我自己，付養老院，火化，與海葬的錢。你保重，有空再回來看我即好。我是說火化前，在養老院。地址如信封，預祝你中秋節快樂。」其實，父親哪有什麼需特別「處分」的財產；除了一點可能的退休金，他僅有的，大概只有幾粒他埋在牆上插座蓋後面，牆洞裡的碎金子——我必須說，想到這樣的藏金處，是父親生平少有的創意之一。然而，再將這封刻意輕描淡寫的信多讀幾遍，我的心中就愈不安。不知怎的，我想起我哥受懲罰的姿態。

我想起那時，在某些晨會，當我在穿廊裡排班列隊，準備登上司令臺，領取，或講演一點什麼的時候，我哥已經就在那裡半蹲了。那亦是一種十分明確的學習：我知道，在一些嚴肅的場合裡，為了必得正經以對的目的與意義之展演，我是可以完全不理會我哥，而他亦是無立場責怪我的。我可能是這樣，在那個非常嚴肅的話語國度裡，度過一段對話語萬分純情與執著的啟蒙年歲。我可能亦是因為這樣，而被那所學校，給更長久地固著於某種口欲期裡了——被噤語者，或受誘言者，在我學習成人的過程中，我初始明白所謂「人」，可被更持恆地區隔成兩種，而無論如何，後者，總是擁有對前者的詮釋權。

當我學習得更好，以自身才具，將這樣一種受召去學習的話語系統，演練得更為完熟時，我哥和我父親變得十分敬遠我，甚至，我該說是懼怕我了——這是當然的了，在他們各自一生中，倘若有什麼能彼此分享的經驗，那必定就是對我這類人的敬怕。特別是受迫經歷更為資深的我父親。有時，當我特意猝不及防，直直走到他面前，布達我的要求時，他簡直只能是一心想要討好我了。

出門，沿山坡路上行，到了山頂臺地，也就到了父親每日上班的地方。父親一輩子，是個低階會計，在鎮公所大辦公室角落，有張帶隔板，遮頭遮臉的小辦公桌，鎮日像困在蠶繭裡，模擬電子計算機，即便是在我母親離家的那天，隔天，更迢遠的過去和將來的每一天，都一無例外。

多讀幾次那封信，我才意會過來：很久以前，父親就開始計畫，要死得也像一顆蠶繭那般自足。

我感覺，父親努力想說服成年後的我（我判斷，就像在任何亟需自白的場合裡一樣，父親是帶著幾分過於入戲的真誠的），在他一生中，真的從不像一般常人，需要那麼大的空間，那麼多的話語，闡釋，爭鬥，他者，義理，範式，凡此種種。父親開始，不再對我談及自己的歷史，不再從自己人生裡，提出如何特別的情感倫理，想灌輸給我。他一下班就忘掉工作，一退休就不再執念過往——我猜想，反過來說亦是無妨的：一下班，全鎮公所同事皆都忘了我父親；而在他故去之前許多年，他計算了一輩子的小鎮裡，已經就沒有人會特別記得他了，雖然他的辦公桌還在辦公室裡。

父親對待哥哥的方式就不同了。再怎麼卑微的存有，也並不真能自足地替自己善後；我猜想，父親需要哥哥，因一個像他那樣的人，只能需索同類人的相伴。

記憶中僅只一回，那已是在養老院的房間裡了，父親曾極憤懣地，像一名老父該當那樣，跟我抱怨起別人。那是寒假時節，一如多年來慣例，我在耶誕節過後搭機返臺，探視他一兩星期。那年年底異常寒冷，整個美國，從中北部到東海岸，都被雪封了。機場航班大亂，我在躁怒人潮中折騰好幾日，才總算順利飛上天；到了降落桃園機場時，已經是新的年頭了。通了關，走出機場，我意外發現那酷寒還在——完全不是抽象的心理效應，而只是最直接的肉身感受；在機場外頭，我微醺般望著灰雲沉壓，冷雨像潮汐，一陣陣，一陣陣執拗漂漫。帶著這片雨雲上國道，出大城，入濱海小鎮，再沿一段山路上行，就到了父親所在的養老院。我望望傍晚的霧濛的山色，覺得始終臨身的冷，讓跋涉彷彿失去意義。然而，當我推開房門，就見到這樣一位，自己似乎從未見過的父親了。

父親瑟縮在床上。父親看了我一眼，並未露出如何別樣的神情，亦無別話（上回我們見面，已是半年前的暑假了）。我未坐定，父親就坐起身，開始細細跟我埋怨起樓上的腳步聲。一時間我弄不明白，過一會，我拼湊著總算是聽懂了：大約是樓上房間的芳鄰，不知為何總在凌晨時分重步狂奔，從窗邊起跑，踩過父親頭頂，一路跑到房門口，再跑回來；這樣一趟趟不停折返跑，鬧得父親整夜睡不好。很多年了，但我始終記得父親半躺在床上，一手向天花板揮舞著，跟我描述那條「跑道」是怎麼回事的。父親像不明白自己其實已經形容得很仔細了，猶一次次揮著手，像要揮散更多更沉的，他難以形容的什麼。後來，特意檢索氣象資料後，我明白，那次返臺所感受到的冷，並非純粹是我自己主觀的感受。事實上，那年元月的確全臺皆嚴寒，而父親的養老院所在的那片地帶，冷雨更是下足了整整三十一天，且還要繼續漫漶向二月。追溯起來，父親的失智症第一階段，就是隨著那片雨雲，在他腦裡悄悄啟動了。

然而，當時的我只覺不無好奇，頗想知道怎樣沉重的腳步聲，會惹得從不抱怨的父親抱怨。所以我在父親房裡搭床，觀測員一般守夜。當時的我還太年輕，獨處經歷不如父親般資深，所以不知道一個簡單的道理：群居所在，空氣裡當然不可能毫無動靜；而孤隔的人，會聽見一切。

我哥後來是一切人的兄弟了，惟其和我不很熟。他出海捕魚，也上山參與水果採收班。他和另兩位遊工，分享一間租房，房裡桌上，有一架共用的電話機。我不知道他們如何合付電話費的，也許他們並不在意；也許，如果都像我哥，那就無人會講很長的電話。關於兩地時差計算法，很久以前，我曾嘗試教他，方便他打電話前推算。我哥搖頭，只要我報給他一個準確時刻；他把那時刻寫在牆上，之後，但逢有事，必定就在那時刻打電話來，比鬧鐘還準。

那個寫在牆上的時刻，對他而言是午後兩點，在我則是凌晨一點——一個我有絕大機率，是獨坐餐桌前，且尚未全然撂倒自己的時刻。很多年了，我這樣恭候他打來。我想著千里之外，會有多久，他也會獨坐桌前，嘴裡像咬著父親死訊，自己整個人因此也就像是那則死訊了，只死死遵守牆上題字所規訓的通話時刻。

終於接到他的通報時，我想起很多，例如那個雨夜裡，我的確聽到不尋常聲響了。你不可能錯過的：養老院對面走山了，大量土石漫過房舍，越過馬路，就停在養老院門口。那時，像父親最忠貞的護衛，我哥一身泥沙，穿過雨夜，現身父親左近。後來，在一個忒無遮攔，細雨點點發亮的清晨，在父親房間，我們同看新聞報導這則其實就發生在我們窗外的走山消息。

我必須說，之前此後，無論是在多國外的外國，我都沒再經歷相類於此的超現實場景了。仔細想來，那甚至有些童稚的歡愉：父親，我哥與我，一家三名羅漢腳，同看電視畫面上出現的山，馬路，養老院；每個畫面，都讓我們由衷發出一些並無意義的感嘆——彷彿光只是自己去過的地方，竟然會出現在電視機裡這件事本身，就是一件好神奇的事了。我記得那時，記者還訪問了位戴斗笠的老農，老農憂心表示：走山一併走了農路，他現在無法上山，不知山頂那些已熟的竹筍，如今該如何採收？父親聽完笑了，帶點討好，對我說：真有趣，竟有這樣癡心的人——天地都塌一角了，他還擔心他的筍。那時的我哥，像直接從黃埔軍校退伍的我哥，把他野戰褲上的綁腿卸下，重新再繫妥，邁開大步走。父親問他要去哪。他說，出去找看是否真沒路了。父親輕蔑嘖聲說，多事。而我哥已經出去了。

我感覺其實就是這同一個我哥，現在走回來，到我面前了，他告知我說他已將父親遺囑執行完畢，現在沒事了。他的聲音有雜訊，像將那面海推過來了。我想告訴他說我知道啊，父親在我身後而你也在，不過其實我最好奇想問的，是一個你後來告訴我說你亦不記得了的問題。我想問我哥：那時，在那片啟動父親失智症的最初冷雨層底，後來，當他一人深涉，他是否曾經獨力找回一條路。

字母會

顏忠賢

偶然

H

偶然

Hasard

一如公主……她一定非常厭倦但還是不免仍一再提及的……對真實的想像的變形及其無限可能的擴張。

公主到底像什麼?逆流一如暴風雨前夕晚霞映照太豔麗的浮光倒影,炫目一如出人意料的火場火舌探入天際無比地閃爍燦爛漫,那時候還太小的他始終不明白人間的條件為何必然會是那麼地自相矛盾,真實終究會蛻變成想像,一如祝福終究會蛻變成是一種詛咒。

他對真實的想像的脆弱召喚,就老可能只是一個怪異的人生的某一個切片,困在裡頭的不知道真正為什麼的某一個牽強的原因,在某一個奇怪的時候,在某一個奇怪的地方,她,就一如他想像的遠方,想像的未來,想像的遙不可及的日本及其幻覺,甚至到這麼多年後還是沒有辦法去解釋一如無法則且自域外闖入的偶然……還始終是充滿髒髒的臭臭的色色的揮之不去的什麼……

或許,她就是當年的他對真實過度想像的縮影……太天真也太脆弱,太過充滿期待也必然因之充滿傷害，必然因為那想像關係的脆弱而不免持續且疾速地變得更脆弱……

他老想起她，他童年裡太過美麗優雅的家教日文老師，到底是幸還是不幸？到底是祝福還是詛咒？她長得像大和劇裡幕府古裝公主般地令人又心喜又心憂……或許就像當年她送了那一個非常奢侈京都的繁複華麗花布包裹老抹茶店伴手名物禮的太過名貴，令他完全捨不得而不敢打開，就這樣地深藏在床底太多年之後終於被蟲蛀咬壞才發現裡頭的暗綠抹茶粉末早已受潮發霉而心疼不已，還有她更多細節的考究種種令人心疼……一如當年他在某個差錯的瞬間不小心看到了那從她們家老派和布暖簾縫看進去她的一個非常疲憊的神情，然而一轉身就還是全場撐住那個場子的從容，他永遠不會忘記她過一秒之後那仍然補妝極美極細緻的窩心微笑……打點所有現場所有人的進退拿捏種種的人情世故……地近乎完美。

她老使他不甘心又不明白地感染到如何面對自己未來的人生……即使

已經充滿問題但是只要有外人，仍然要學會在乎種種被看到細節的不能失手，仍然在充滿緊張失控中必須喬裝的無懈可擊……

一如一種幻象，他後來跟她的關係所充滿了那麼多的光暈的令人暈眩……即使他當年還是一個小孩，有種充滿青春期前期某些自閉成天真又頑劣那般很小很臭的不堪回首，面對那種美女的不好意思又難以置信，還忐忑不安到屢屢犯錯而曖昧不已。

那是愛情，還是只是思春……或僅僅就只是那種年少思春的色情感，他還不明白。或許因為更多的猜測，更多的不安，更多的耽溺……因為這個他的公主是個長相美麗的女人，是個身形優雅的女人，或就因為她是個日本的女人……

但是，其實更可能是那種來自於一個想像裡他跟她的曖昧關係裡的隱瞞，某種泡茶時低沉近乎闔目的專注眼神，某個捻花宛若捏陶的細膩手勢，某種京都老店淡淡淺淺的護手霜如梔子花快謝前極端隱約的氣味……她不知道，她那被公司派來臺灣工作的日本先生不知道，他的父母不知道，甚至連當年太年少的他自己都不知道的……充滿隱瞞的曖昧及其莫名張力，使他一接近她就近乎完全無法動彈，太過逼近而逼真，完全專注地入戲，但是，也因此多年來他們始終保持一種如同花道或茶道裡拜師的前提下……種種她疼他一如自己心愛門徒的用心及其同時最體面的禮貌和最客氣的周延。

那令他在她身旁完全無法呼吸無法專注……因為種種更隱約但也更強烈的過度拘謹的魅力而令他不可思議地始終迷惑也始終勃起。

過了太多年之後，他才明白，這種甚至不可能理解或描繪的抽象思春感是多麼危險。那是再怎麼甜美一點或再怎麼浪漫一點都太雷同……隱隱約約的故事開頭接下去它就必然會蔓延失控變成某種……有意無意地變成單相思或初戀或單戀或不倫的愛情，一個幕府時代武士為其主公的公主殉身犧牲的大和劇悲歌，或更刻意轉換扭曲變成是一個怪A片或是一個恐怖情殺電影的太多可能……召喚出某種最陰沉黑暗故事中那種充滿暗示的必然悲劇收場。一如在想像的光影橫陳折射繞射的光譜打開過程……他的太多太多關於公主的折騰所折射的光影，光暈渙散在太多死角所召喚的幻象：老和布暖幕縫隙末端，髒兮兮而臭臭的氣味，不敢打開的抹茶老店禮物的太多太多層層包裹的華麗繁複……

一如他老記得她跟他說了一個畫面空洞極度的故事地令人不安地近乎難以想像……那是她年輕時代唯一的一次逃家，因為和近乎暴君般的父親起了太艱難的爭執……她太難過地無心到了的一個偏遠到幾乎不曾存在過的山腰山路末端的老時代小城，非常不起眼，那個極度狹窄的樟木製老火車站很少見到的死寂，她迷路了，只看到老車站外頭有個天丼老店，店家也隱隱約約，一路有太多的巧合的疲憊不堪，純粹的偶然或冒失，或許也因為她那天在小城晃了一天，存在感極低，入夜後溫度降低十幾度的慘慘淒淒，她放棄了所有的妄想，只是想躲藏起來，不想讓父親和她那勢力龐大的世家大家族找回，或許就只是慌了……在山中走了很久，一路找路也迷路，最後太疲憊不堪而慌慌張張地從山腰林中的陰霾感中跑回小城……

因為心中充滿了空洞而更感覺到害怕……她說她那時候就像完全失去了呼吸、失溫般地無故抽搐……或許是內心恍恍惚惚到失去了胃口，完全不知道什麼是饑餓，也失去了任何的動機，失去嗅覺甚至失去了痛覺，或許是內心很想吃但是卻完全不知道要吃什麼……而失落到跌落不知身在何處的恍惚，只是就知道是個完全錯誤的狀態。

然而，在好不容易找到的山中老火車站旁的那個老店救了她，在那個陳舊的廚房老木製櫃檯桌前，她只點了一小壺暖身的燒酎，全身忍不住地顫抖一如中邪而無法回神。

然而，空氣的流動卻是那麼緩慢而沉著，她失聲又失神地在那老木製吧檯末端發呆，凝視著現場的氤氳……因為她一坐下來就看到店裡頭有個老店家的老師傅正在下刀，正在進行某件看似尋常卻玄機充滿細節動作流程的無比講究。

她充滿疑惑……怎麼可能他功夫是完全下在客人看不到的地方，她看到了那不應該被看到的刀功現場的洋洋灑灑的無比灑脫，這是某種對真實的想像中變形剎那間的令人怦然心動……那彷彿是魔術或法術的盡頭。一如一場劇場的現場那般地華麗繁花盤旋開到荼靡的炫目刀起刀落如武林高手決鬥或荒山密練神刀的大開眼戒，但其實只是他那和尚做晚課般的每日修煉……

那時候，入神的她太過仔細端詳，那年老的師傅正全神貫注地用刀，用手掌很細膩地邊抱邊削一株極不起眼的大根，雪白如一團雲的蘿蔔，他正用某種削蘋果式的迴旋削法地小心翼翼下刀，彷彿是默劇的最講究的曲折，每根指頭按貼在包裹雕像的弧度，以最精密的庖丁解牛般的刀術，完全沒有任何聲息地專注，沉寂的他在削完了整棵成完全如紙張的大根長薄片之後，更不可思議地，在下一個動作的他竟然把削完之後整片蘿蔔攤開大概有兩公尺長的一如宣紙攤平的雪帶，接著拿出另一把刀卻就在迅雷不及掩耳的刀功之中把薄片切成像薑絲一樣的細絲，極端精密的刀工令人嘆為觀止，但是，就在她以為已然完成的那一剎那，他做出了最後一個最令人費解的收場，因為他竟然將所有細絲揉合而緊按地從最末端又轉了個最斜切的出刀方向而利刃就像鬼見愁般地下刀繼續切，乍看參參差差但是卻無比細膩的細節，那時，她才明白，費了這麼大的功夫，動了這麼久的刀法，只是要做成炸物靈魂之沾醬料的蘿蔔泥祕方……使整個費解的過程更為令人不安地費解，更像日出日落，天黑天亮，雨下雨停……那般地深刻但是又完全自然而然。

然而，這最尋常的沾炸物的蘿蔔泥，一如她所目睹的每一個令人費解的出刀用刀收刀的削泥過程都那麼繁複又那麼樸素，就像在表演但又完全不是表演，因為太過怪異地竟然充滿玄機又充滿徒然感……

一如那最後做成的那古瓷小沾汁器皿中那團化入半透明烏雲般醬汁中晶瑩剔透的大根泥……更仔細端詳，竟然就像初春暖陽中融解的雪的入口即化感，像雨絲在清明時節灑滿荒山墳地的枯竭又潮溼，像櫻花成林在最盛開之後的飄落紛紛……

她所遭遇這偶然的動人……不免是因其完全海闊天空般地坦然而純粹，這偶然……應該完全不會有人看到，也不想給人看到，但是每一個動作細節都竟然那麼美絕到近乎一種充滿儀式感的……形隨意移的飛天舞步雲手的種種騰挪地夢幻。

偶然，一如她的在場的完全意外，她卻彷彿因為這場意外而內心充滿了感動，內心枯竭而失落的心動一如浪潮變得異常地波濤洶湧……

她跟他說，她這種病有種太可憐也太可笑的綽號，非常貼心也貼切，就叫作：公主病。因為病人到後來就什麼事都不能做。她說，這麼多年以來她始終好痛，沒有原因，沒法子醫……或是，不知道哪裡有人可以醫或是哪裡可以醫好……在京都有個也是全身都在不明疼痛多年的老朋友跟她說過：這種沒法子醫的病在中國日本臺灣都有很多個奇怪又雷同的關於疼痛的病症名字，連綽號也很雷同的……公主病。

當公主真的很不容易……她說。多年後好不容易再聯繫上回到臺北的她已然過度憔悴，彷彿完全變了一個人……這種又開心也又傷心的重逢感覺令多年後已然變成中年人的他非常地心疼。

但是她說她好像就是沒法子當公主，這一生就只能當一個尋常的下女，因為不知不覺地樣樣用心良苦地做了一輩子，改不了的她說，其實她現在真的很用力地在不用力……或說，她現在正在學如何當公主，但是，仍然是那麼艱難……

太多人生的事和心事依舊環伺，事業的或家族的種種……或許也正因為她離婚回京都意外進了那日本老公司多年後的最近竟然擴編到臺北，她被派回來也搬到更新更大的帷幕高科技辦公大樓之後……她最近又沒辦法不緊張到疼痛的老病情又因而發作。

後來，終於千辛萬苦找到的某個疼痛科著名的神經兮兮的神醫給她開的藥，不知為何吃下去就會很昏很想睡覺，或許因為那甚至是一種著名治癲痼的猛藥，後來的副作用使她完全無法集中精神，開始會記不得過去的事，甚至剛過去的事……

或許就是不可思議地開始容易遺忘。

但是這樣子反而卻使她更緊張，因為吃了藥很昏很不容易專心。其實剛換回臺北的新公司很忙，她說，那日本主管上班都站在她們後面看她們招呼客戶的種種細節。即使永遠最認真的她業績還是最高，但是仍然不免又回到了她在京都那種怪異的諸事自我要求太高的情緒之中……

「如果只是別人醫得好的痛就不用來找我……」那個神醫說……他是腦神經內科的權威，看過太多這種種病例，專醫這種一如被下咒而無法好的疼痛，因為種種原因或甚至找不出原因的惡疾。她提及了去那個大醫院做更多神經內科測試非常地疲憊不堪，但是快要累垮了的她卻還是很開心和他重逢。

「你以為的公主仍然很慘，仍然要做很多下女般的測試……」她說，那時的近乎暈眩的她始終打量著……繁複瑣碎的機器巨大的機身儀表，不知如何照射腦波、如何放電亢進、如何找尋她更深的無法逃離疼痛的費解……

他稱讚她那天穿得很時髦也很好看。她說那日本主管要求她們要專業，要認真打扮化妝，穿講究的套裝，反正就是像她一向不想變成的那種現代的下女……OL。

他為了安慰她，還刻意敘舊地提起當年她跟他說的……山中老師傅刀功傳奇的那種玄奧感。

「這個我竟然還記得！」她說，「這很不容易！對愈來愈容易遺忘的我來說……」她露出自嘲的笑……那神醫說，她從小一定就對疼痛感覺太敏感也太不正常。真的！她說她疼痛了一輩子，以前在京都大家族小時候的膝蓋痛雖然長大就好了但是仍然會又有別種疼痛找上門……到了更後來的現在好像好多曾經好了的老毛病在她老了之後又回來了，小時候的那個仙姑跟她說過……

一如過去，她跟他說過那痛病一生都醫不好，或許只是因為她還記得那老仙姑，記得她這種離奇解釋的神祕兮兮或神經兮兮……那是前幾世她當公主太驕縱連累了太多人的因果病！

她跟他說，她始終記得……當年母親帶小時候多病的她去找仙姑的一路都有太多太多的懸疑，內心深處關閉了什麼但是又更深入地打開了什麼……使得她當年很多不明不白的心中老自暴自棄的難以明說的廢棄感更怪異地跑出來……

那是一個鬼地方，從門口的卡榫木栓塞繁複到周圍巨大老榕樹根莖盤結深入地底的觸手伸出蔓延的奇幻，那地方竟然在地下兩層樓，弧度雙螺旋環落而陷入地底多層混凝土石坡歪歪斜斜的角落，她們依著弧形的廊柱往下緩慢地走入那地方的那廊柱地道，太曲折的一路永遠是那麼多的古老痕跡的喑啞，太難以描述的暗示般充滿了更深刻但是更費解的典故糾纏不清的守候，不知是祝福還是詛咒。因為走了更久之後的她們才發現一路往下石砌的廊柱上是那麼老舊地嵌入斑斑駁駁牆體不知為何有很多金屬深深淺淺莫名的刮痕，愈來愈狹窄的廊身壓縮到最後……牆頭老刻著騎仙鶴飛入彩繪斑斑駁剝落的石頭雲朵彩霞中許多沒有臉的小仙姑……

那間很老很舊的破爛不堪神殿不大但是卻也不容易找到，那位傳說中可以召喚神明上身的仙姑其實是位九十幾歲的老婆婆，背已經駝到衣服會卡住的彎度，破舊的老大廳長牆上掛了好幾幅古畫卷軸非常陰森……除了斑斑駁駁的臉以外都是用手繪製的古老符籙貼滿的老相片，看起來極端怪異到令人不安地敬畏，她們虔誠地跪拜完七十二拜之後就要靜候神明下來，廟祝提醒著有時候無緣就不會遇到；那天她們因為擔心天黑前要趕山路再走回去而著急起來，所以廟祝要她們母女在燒完半炷香時再誠心拜了七七四十九拜，但等了好久，眼看著愈來愈晚了，仙姑卻還是沒什麼反應，於是她們三個就緊張兮兮地跟念了另一本經文好久，還又跪拜了另一回七七四十九拜，心中非常忐忑不安……

然而，她們拜完又等了好久之後的天快黑前，那鬼地方的空氣才彷彿開始充滿了氤氳感地迂迴曲折環繞地晃晃悠悠，廟外破窗洞突然聽到烏鴉群兀自怪叫了幾聲，陣陣焚風起吹入老廳堂的簷角……就在那個玄奧的剎那的老婆婆竟然就開始古怪地打哈欠打嗝，還踉踉蹌蹌地走到神桌旁邊開始緩緩地詠唱一段古腔調的咒語調子，仙姑唱完之後就開始解命，廟祝小聲地說那是神明已然到來……

多年之後的她說她不知為何地在聽到仙姑唱起歌的那一刻就開始流眼淚，即使後來還是完全失神……其實她當初也並不是那麼想去拜，因為她除了一身一生的疼痛，實在也想不出什麼問得出口的問題，但是在經過燒香拜拜和太久等待時，她似乎早就忘了自己逃離不了累世的疼痛感……當她跪在看不見的神明前除了像個無辜孩子被連累無法自拔地在那兒掉眼淚以外，過去的所有煩惱似乎都變得像不該提起的玩笑，而仙姑只是不斷地跟她說……

神明擔心她某一世曾經是某個幕府時代的公主，心地太善良太單純但是因為龐大貴族家族仇恨太深而牽累太多人……所以後來的這幾世都在還……人生一低落就會有很多仇人會找上她一如疼痛找上她，「妳始終都要小心也要懂得躲藏。」擔心的仙姑還告訴她長大後會一再流離失所地待在外國，還會有一個個劫數找上她，但那時候說都還太早，因為太多都是前世因果的仍然無法化解。

在她後來一生始終疼痛的每一個夜半，她所張望的每一個無窮無盡的難耐而難以入夢的夜空，還是她所死盯著同一種房間裡死角窒息般的沉悶，一如還不了那前幾世的怨恨糾纏不清，她已然放棄了希望而無助地沉浸在人生無名又無解的疼痛之中。

在一生渴望逃離她是公主宿命的多年之後，重逢的她跟他說……她不知為何又想起仙姑，想起那一回跟母親去找仙姑的奇遇……想起繫住她的一生懸命的繩其實比她想像來得短太多了；就好像深入在無燈也無任何人跡的山中夜路，不知不覺路上遇到的每個偶然每個別人的噩夢也都可能在睡不好的那幾晚變成了她自己的噩夢。

雖然她不得不承認拜仙姑的剎那是那麼療癒，彷彿是一股深深眷顧保佑的冥冥力量，但或許也只是更多耐心去諒解體會被過多的絕望感侵略盤根錯節的她……已然不再是公主的這一世。

字母會 H 偶然

黃崇凱

偶然

Hasard

小葉當年師院畢業分發實習落在這所偏鄉小學，如今像是紙條對摺的兩端，相隔四十年又疊進他的生命。學校建築主體還是一樣，仿總統府造型縮小比例的簡化版，披著赭紅色磁磚，三層樓。左右兩邊分別是兩百公尺操場和複合功能露天球場，四方形校園則被溼地環抱。小葉仍記得夕陽時分，校園淨空了，只剩下風聲和溼地蓄積如湖的碎波浪應答，學校被天色、水面交相映射的粼粼波光鍍上一層薄薄的金黃。小葉的眼鏡反光，眼前的輝煌都倒映在心底。

實習完畢，也服完兵役，他到了鄰縣市區衛星鄉鎮的國小服務。某次研習時認識妻子，兩人按部就班約會、戀愛、訂婚、成親。他們的生活就這樣一年劃分成兩個學期、兩次長假，循環三十五回，直到卸除教師身分。那像是在綿長的時間中緩緩削減職業的成分，換取最後的自由。小葉本來以為人生不過如此，在消磨自我的同時拉拔別人成長，難免誤人子弟，至少問心無愧就好。他和妻子一起辦理退休，趁著還有體力，幾年間跑了好些地方。

他們最後一趟遠遊阿拉斯加回家隔日，兩人在客廳拿著平板電腦整理照片，妻子前一秒還嘲笑他拍照表情僵硬，後一秒，平板摔落，沙發上只剩一棵空氣鳳梨。

一開始他不明所以，拆解沙發座墊和靠墊，打開拉鍊露出黯淡的海綿，檢查桌底和屋內各處，沒有任何妻子的蹤跡。他輕輕捧起空氣鳳梨如捧著琉璃精品仔細端詳。小葉查遍網路資料，都是些養護空鳳的內容。他開始思考，妻子與空鳳之間的關聯。空氣鳳梨是鳳梨科鐵蘭屬植物，又名空氣草、鐵蘭花。主要分布在北美洲南部、中南美和南美洲。空鳳不需土壤，不大需要澆水，幾乎不用費心照料。大致分成綠葉和銀葉兩種。小葉檢查手上這顆，約十五公分大小，葉片偏白，觸摸起來的質地偏硬，指腹感覺葉面的微細絨毛，葉尖銳角有點刺，他從底部端起，轉幾圈，始終沒想到任何跟妻子相關的連結。

他湊過嘴唇，親吻葉片幾下，沒出現類似卡通片輻射光環，將妻子還原為人體的奇蹟。他稍稍做了養護功課，每星期四、五次拿水壺噴嘴把整株空鳳噴個通體溼潤，拿鐵絲圈圍褐色根底部，懸掛在後陽臺陽光照得到的區域。三個月後，小葉覺得沒法繼續住在這個與妻子共度三十年的屋子，卻沒有妻子一絲活動聲響或痕跡，宛如她已逝世，留他提前面對孤獨的老後。小葉對外說妻子某天突然失蹤，報了案，也到附近宮廟求過神、問過卜，全部一無所獲。警方自然追查不到任何蹤跡，沒有目擊者，沒有消費紀錄，無法從失蹤者的交遊圈理出任何線索。面對警察的無奈，小葉只有更無奈。只有他相信，妻子沒失蹤，只是無端變成一株植物。

他託人賣掉屋子，打算另覓一處終老，免得日日在這空間令他感傷。家裡的每一寸空間似乎都潛藏著妻子的笑聲或低語。每一次呼吸，彷彿都嗅聞到妻子慣用的洗髮乳香氣。每一回洗衣服，摺衣服，總要瞥見那些抽屜裡久未動到的衣物。所有日常用品，如今看來都像遺物。決定離開前，小葉清整累積三十多年的屋內雜物，湧起或大或小的情緒起伏。一張照片可以讓他停下動作整個晚上，一件舊毛衣也會使他流竄到回憶的碎片裡。整理的過程中，他偶然在收著舊文件、卡片的鞋盒中發現當年實習待的小學在廢校之後轉型成複合空間的新聞剪報。小葉看著都想笑了，剪報這種東西真是時代印記，類似這樣的行為就劃定了他的年歲和集體記憶。他覺得這陣子自己像潛水員，在家裡這座小小的湖泊，反覆打撈積澱在時光底部的廢品。

有個晚上他起身小解，坐回床鋪卻清醒得無法再躺。他穿著藍白拖，踱步到校舍外，拎著妻子，頂著冬季的海風和夜空，一路穿過村子，走往海邊的堤岸。偶有狗吠，有些屋舍窗戶透出神明廳燭燈的酒紅色微光。寒風淒淒，他被割成一塊塊的魚塭圍繞，站上堤岸，眺望遠處墨黑的海洋，耳邊充滿浪濤，撥亂整片天空。小葉想，這貧瘠海岸的時間像是被按下極慢速播放似的，四十年沒什麼改變。他回到校舍，跟晨起在運動場打太極拳的三五職員打過招呼，進了房間，掛好妻子，試著入睡。

他轉了幾趟車，攜著簡便行李抵達小學轉型的安養中心。接待的吳主任說葉老師您來得正好，敝中心等待有您這樣教學經驗豐富的老手許久了。小葉半是猶疑半是困惑，跟吳主任握手，讓他領著自己到中心安排的宿舍房間。吳主任簡單介紹過周邊環境，就帶他到負責的班級。在那教室中，排滿病床，每張床上都躺著昏迷者，多寡不一的管線環繞軀體，連接或大或小的儀器，顯示許多數據。吳主任說，來，這邊一共有十六個同學，就交給您了喔。來，這邊是您上課座位。小葉看到教室中央分隔左右兩排病床處，有張類似人工皮沙發單人按摩椅，頭部靠墊掛著一頂連結好些線路的頭盔。吳主任抱歉地說，我們這裡算醫護單位，只能使用封閉網路，沒有無線裝置請多多擔待。小葉點點頭。

第一堂課是自我介紹。大部分同學因為車禍、意外或腦溢血，變成俗稱的植物人。連線裝置能將他們的意識轉換成具象，投影在虛擬空間，依照昏迷程度不等，分成六個級別。小葉的教學工作就是讓這些投影成小學生模樣的意識，透過重新學習，試著刺激、活化大腦皮質。當然，有研究認為，這樣的做法費時費力，也看不出明顯效果，但有不少家屬認為意識治療的路徑較為溫和，對受治者沒副作用或後遺症，也不會給二度就業如小葉這樣的中老年人太多身體負擔。

於是小葉再度走入教室，站上講臺，面對十六個學生，從最基礎的語文拼音教起。小葉這輩人，幼時學的是注音符號系統，如今考量到不同族群母語需求，改成羅馬拼音系統。對於教學者來說，眼前濃淡不等的投影意識，意味著不同等級的意識清晰狀態，必須盡可能讓稀淡的變濃，讓濃厚的變得更立體。除了教授一般學科、日常知識，還要創造許多交流、溝通機會，慢慢讓互動線路連通起來。每日每日，小葉朝九晚五，午休兩小時，給這班學生講課。從前在小學教書，學期長度大致固定，沒特殊原因的話，也就逐年升級，直到畢業，老師們或許轉科任一段時間再進入帶班循環。在這裡，小葉卻覺得似乎總在反覆教最初級的課程，訓練拼音、對話，日常生活所需的資訊獲取方法。他看著學生的稚嫩臉孔，明知這是躺在床上需要一天翻身五六次的植物人，他不是真的在教未經世事的小朋友，不需要講什麼北風啊、辦家家酒啊。他以小學課程教了一段時間，發現幾近沒反應，陸續加入些生活時事，眼前的小學生投影仍像複製貼上的喪屍，只是看著你，無有悲喜。

安養中心有四個班級，除了他之外，另有三個教師。中餐他們四人在餐廳碰面，主要話題就是聊彼此的班級狀況。小葉聽著聽著就明瞭，其他班級類似，有說根本在對空氣說話，有說一天要是能聽到幾句回答就算不錯了。中心教員的流動率高，沒多少人撐得住長年的沒有進展又不放棄。一次例行會報，吳主任罕見地對小葉多說了一點：葉老師，我坦白說，這裡還能維持多久說不準，畢竟這個意識療法不是短時間內就能見到成效。很多老師來來去去，如果您想走，我完全可以理解。吳主任拍拍小葉肩膀，轉頭往走廊另一端的辦公室。小葉走進教室，眼鏡後的雙眼瞇著，削薄的陽光伏貼在靠窗的同學身上，每雙眼睛都閉著，只有器械的運轉音，細細迴盪。小葉坐上教師椅，戴頭盔，登入上課教室。他說，各位同學，我教你們一年了，如果是一般學校，你們接下來就會升上一個年級，我也會繼續深化教材，你們就會逐步學習到應該具備的知識。但說實在的，我很挫折，這一年來，就好像我根本沒來一樣，你們依然跟原本的狀態差不多。本來設想的小組討論，從來沒實行過，我到底該怎麼做才能讓你們稍微有點反應？別的班級，有老師放性交影片試著震盪大家，也有的放戰爭影像企圖激起動靜，我真的不知道該怎麼做比較好。如果可以，我希望帶你們到外面走走，沿著溼地繞一圈，感受風的吹拂，陽光的熾烈，搖晃的水聲，看起起落落的鷺鷥覓食。

小葉停頓了一下，掃視眼前的投影，有幾幅跳閃不穩。他接著說：說來奇妙，我四十年前，到這裡當實習老師，展開接下來的教書生涯。就跟普通教書匠差不多，平日應付學生、家長、督導，寒暑假想辦法療癒自己。退休的時候，我真的很高興，這麼長的職業生涯終於結束，總算可以輕鬆過日子，有餘裕跟妻子到處遊山玩水。可是她卻在某天突然變成一株空氣鳳梨。這是種生存力很強的植物，近年常被拿來做觀賞、裝飾用途的居家植栽，有些甚至放著不管也可以活下來。我每天在家面對這棵空鳳，看著看著就害怕起來，我們一起共度的時光，那些好的壞的記憶，現在只剩下我知道了。就算她還記得，也無法以我能感知的方式傳遞給我。就算我暴斃死在沙發上，她還是會繼續懸掛在陽臺邊上，存活好一段時間。我們的世界真奇怪啊。我的妻子變成真正的植物，各位躺在床上也被稱為植物人。你們的親人再也無法知道你們在想些什麼、煩惱什麼。但你們的意識明明還活著，持續發射微弱的訊號，只是我們現有的科技還無能辨識分析。很多人的親人都離開不再回來，因為你們的存在就是在提醒他們，有一大塊活生生的記憶存放在那裡無法讀取。我不瞭解意識療法的原理是什麼，發明者又怎麼將你們的意識轉換成小學生投影，讓我們可以在教室上課。我和許多教師被賦予再造意識的任務，每個人以各自的專長嘗試讓你們的投影動起來，哪怕只有幾句話都可能是重大突破。大多數老師卻懷著失望離開了。

小葉掏出口袋裡的水果刀，往胸膛心臟位置猛刺。接著往自己腮幫子下緣頸動脈戳刺，鮮血狂舞，噴灑在前幾排靠近講臺的座位。小葉傾倒，推翻講桌，軟倒在地上。濃烈的血像翻倒的飲料，一圈圈擴大，模糊了小葉的思維。學生們離開座位，圍著染著血紅的老師。開始有些細碎耳語和交談。有一隻手掌緩緩靠近。在觸摸到小葉之前，他已經失去意識。

吳主任進到教室時，帶著幾個醫護室職員，把癱倒在教師椅上、歪著頭的小葉轉移到移動病床上，換穿輕薄的開襟連身服，接上管線、儀器，略挪床位，讓他躺成教室中的第十七床。

這所被溼地環抱的安養中心，再度被一天的落日著色，從金黃漸層到橙黃，油亮的水面隨風搖動，彷彿在搖曳間，搖出了橘紅摻雜的粉紅，餘暉收束後退，向晚黯淡的星藍取代了整個畫面。

吳主任的視線從監看螢幕轉開，瞄了眼身旁的葉太太。她沉默，像在思考要選擇什麼用語開口。吳主任打從心底佩服葉太太，始終沒有放棄丈夫，幾年來，反覆嘗試意識治療，擷取他的記憶片段，進行修補重組。如今來到葉先生倒下前的最後一年重建區段。葉先生最早被送來這間安養中心時，葉太太偶然發現丈夫當初就是在這裡成為一名教師，或許是個好兆頭。

他們很快擬定意識治療計畫，設定故事線，讓葉先生在虛擬實境選擇來到這所海邊的廢校重新當起意識復健教師。他並不知道自己困在自我意識的投影，所以吳主任採用虛擬實境的擴增補充，融接葉先生的意識跟治療程式，混合葉太太提供的記憶，逐步架構資訊交換的線路。意識治療就是要讓受治者回復到具備清醒意識，可以自主向外界傳遞訊息。透過大量重複的自我學習，受治者會在過程中修正偏差，回歸到先前的習性、思路邏輯。簡單說，就是不斷模仿過去的自我，以逼近原先的模樣。但螢幕中的葉先生卻握著水果刀把自己捅得血花飛濺，徹底偏離先前數千次的行為路徑。吳主任很想說，這是意外，系統在大量重複運算下，難免有些例外狀況。這就好像你明明設定了遊戲中的角色能做和不能做的動作，它卻長出自主意志，突然結束掉自己。

葉太太最終沒說話，起身離開，去了葉先生的房間。葉太太坐在葉先生床邊的摺疊椅。她摸摸丈夫的臉頰，擰好毛巾，擦拭他額頭、肩頸的汗。她抖抖毛巾，掛在床邊的握把。她望著窗戶正對的溼地水面，又是夕陽了，油光閃閃，灑滿金粉似的點點擺盪。她放下窗簾，一道細長的餘暉在房裡無聲移動。她托腮，凝視那張沉睡許久的面孔，想著那螢幕上演的影像究竟意味著什麼。她點開手機上的治療紀錄，丈夫目睹自己變成植物這還是第一次，以往總是不同品種的貓貓狗狗。意識治療中的意識治療，就像進到第二層的自我修復，那些喪屍般的鏡像不過是讓他自我練習的道具，本來就不會有什麼反應。但他真的很努力。他撫摸空氣鳳梨的時候，就像在撫摸妻子。他認真教學的時候，就像過往的任教生涯。她覺得再過幾年，他們共同保有的回憶，將會像不斷被抽走木條的疊疊樂，終究在某一刻垮成一堆。而她正在做的也不過是把自己對丈夫的那些記憶片段，逐一灌注到丈夫的意識中，替換成她的版本的丈夫。

或許那舉刀自戕的丈夫正在抗拒治療程式點滴注入的她的意識，他在激烈抗議，他寧可昏迷，也不要醒來卻變成不是自己的自己。不過這些都是猜測。直到此時，丈夫仍未真的醒轉過來說出一句話。要判定這次治療傳遞了怎樣的訊息，還得繼續治療才能確定。她想，明天再請吳主任跑幾次運算流程吧。葉太太離開房間，下樓，發動車子，低速駛出大門口，頂著靛藍漸濃的天空，沿路一排路燈同時亮了起來。就這樣吧。就算她沒法再跟丈夫交談，至少她的意識還可以陪他一段。

字母會

駱以軍

偶然

H

偶然

Hasard

那隱密蜿蜒在這無人山景裡的鐵道，我的皮鞋底將複雜變化的枕木邊沿裂口，那不知什麼年代從哪運來像褐色烏龜蛋的礫石，一旁排水溝被我踩扁的蕨葉叢，或鐵軌本身凸起但同時凹陷——無限延伸窄縫的鋼材刮過腳底——無意識地傳入我的中耳半規管。被貼近的山丘和雜木林挨擠，宛如井中上望一圓切口的強烈天光，很容易在這樣步行的百公尺為單位，光與影的瞬變切換像通風孔扇葉的旋轉：前一刻你眼前是一片綠光盈滿，漫飛著上百隻小蜻蜓，或同時枯葉、樹籽在風旋中翩翩墜落的空山之景；下一刻卻進入幾秒的全然黑暗。很像某個小說家說起兩種相反的自我訓練：「寄託著我的未來的，忍受心中痛苦的能力」，以及「同情並理解他人痛苦的能力」。這是完全相反的兩種，眼皮和眼球的對大腦命令的反應，或這個像一架直立行走的攝影機，有限地對他面對的洶湧、暴亂、充滿威脅、可能送命卻又如此妖麗張展的「世界」，那精微的「將景色攝入腦中」或「將這個『我』拋擲進這個景色中」的龐大運算。

這條山中鐵道我很多年前就獨自走過，兩次？三次？或更多次？我忘記了。但確實是一條捷徑。從我和母親和她的家人被困住的那個小鎮——鎮上的小火車站只停靠平快車或通勤列車，或是其慢速已和普通車無差的「復興號」——我只需躲開月臺站長那穿著髒舊制服的老頭，從鐵軌步行一個站的距離（當然要穿過一條頗長的隧道，那穿行的十分鐘步行要冒恰好火車這時疾駛鑽入的風險，你可能無足夠空隙避開，被撞死在那無人知曉的黑甬道裡），走到上一站，那是個包括「自強號」，或更升級提速的「太魯閣號」，都會停靠的大站。我想像著當我走到那大站，鐵軌如結冰的銀色河流，從不同山溪險峻地勢形狀匯流，終於在一碼頭前平緩靠岸，我攀爬上那一隻隻鷺鷥佇立灰影般候車乘客的月臺上，那時我就又「回到」人世間的計時刻度裡了。我就可以搭乘其中一班（在車站大廳的電腦牆上的班次時刻跑馬紅燈），回到臺北。

但是，當我走到那記憶中像沉入湖底，只有一片被光線淹沒的印象的，那個隧道，該說是山洞——樹蕨的羽狀複葉，隨風落籽而鬚根垂披的壁面上的小榕樹，銀白的芒花，被藤蔓纏勒住的薄葉透光的桑樹或菩提，或演化較不複雜的姑婆芋、鐵樹這些植物靜態雜亂，其實是激烈殘酷的生存鬥爭劇場，形成一種繁錯、剪紙的鋸齒邊沿意象——我發現進入山洞前的這段短短一段鐵道，並不存在我「曾經走過這段祕境」的記憶中。它比想像中危險、困難許多。它是一段懸空在一片溪谷上的鐵橋，那水泥基座邊包覆的鐵皮，淺藍色的油漆表面像燎泡從裡鏽出的黑色、暗紅色大小裂口，幾乎要串聯成傑克森．波拉克畫布那樣陰鬱同時斑斕的顏色亂迷。我走了約一百公尺，那鏤空，如高空走索的枕木間隔，每個間隔空隙都是一失足就摔落的，看下去讓我暈眩的溪谷下的灰色漩流。這時你感覺到人體垂直骨架的設計缺陷，在無所憑抓遮擋的高空中即使張開手臂保持平衡，還是感覺只要來一陣小旋風你就會被颳落。這時我的空間判讀本能告訴我：不能再繼續走接下來的那一百公尺懸空鐵橋。因為那一百公尺後，就得進入那不知道是五百公尺、八百公尺、或一公里長的黑暗隧道。一進入到那段時空，我的命全交給死神或上帝的骰子。只要有一列轟隆駛過的「自強號」，襲捲風暴將重力全壓縮在那樣的高速，不論我在它來臨前多遠聽到動靜，往哪個方向奔跑，都難免在這個極窄空間被抹掉的命運（我本來就不該出現在這的）。即使，我在那黑暗腔腸中的死亡倒數秒數，退回跑出，那時我在那懸空鐵道橋上，如果向下躍跳也必死無疑。但那鐵皮水泥橋座也沒足夠攀抓空間讓我爬到這橋的反面，吊掛在枕木下讓那暴風怪獸從頭頂雷掣電馳轟然駛過。

我想解釋：以上所描述的，不是在做一毀滅性冒險前的評估，而是一種死亡的全景攝入的憂悒印象，一種感到心臟都痛起來的「回想」：為什麼我記得我走過不只一次這段山裡的鐵道？不可能啊。不可能我記得這一切，但我卻活著？

我想那個透天厝，可能是我母親像鶴妻進入我父親（以及她後來生下了我哥、我姊和我的）這個家，被屏蔽掉了，像謎霧般不被提起，不讓我們小孩接觸的，她原生家庭的某種隱喻的模型。我躲在三樓這間客房裡，聽見那窄圈的樓梯，形成「煙囪效應」，將一樓那些阿姨、表姊們嘻嘻哈哈，推紗門進出，將Bar-BQ烤肉架，麻袋木炭、沙茶醬、小板凳搬出；冰箱門乒乒乓乓打開又摔上；而瓦斯爐上還有爐火盛大煮著一大鍋的蘿蔔排骨湯；她們甚至還用一臺老式手提收音機大聲播放著一個電臺選的那些崩滋崩滋的韓國少女團體的舞曲。她們那種歡樂、恣放、母系親屬的親愛聯結，讓我不由不懷疑「我母系家族會不會是原住民啊」？一樓的沙發亂扔著那些女人們各自的銀亮人造皮提包，粉紅色沿口裝了染紫染藍的假狐毛收口包，或是那些十年前流行過如今夜市一只一百塊的沙皮狗卡通小後背包；或是她們其中某個的小學生兒子的塑膠皮貼滿海賊王火忍貼紙後背大書包……這像一個某一角歪斜的家屋的模型，也許在我更小的時候，獨自害羞地被棄置在某位阿姨的房，我會為那充滿女性神祕芬芳的梳妝櫃上紊亂的玻璃小瓶罐，那些唇蜜、香水、卸妝乳液、眼霜、粉撲、眉筆弄得心頭撩亂，甚至被亂扔在桌面那像某種蟬蛻但更柔弱的捲成一坨的短絲襪，弄得小雞雞抽抽答答地翹起又羞恥地流出還太稀的小孩初精……但後來你發現她們是那麼潦草、沒有教堂懺悔室的神聖詩意與禁錮緘默，她們的女性芬芳像暴雨臨襲含沙帶泥的湍溪流過，很快就又乾涸消滅了。她們好像只是在鄉村公路旁亂招手搭便車，發現坐錯路線了又匆促下車，那樣短暫穿行過二十世紀那一切精緻昂貴、神經質的美感（那些金髮國際名模或日本某個絕美到你還是小孩子就內心像聽見星空下海灘所有潮蟹一齊嘆息的明眸、性感的豐唇，她們像天鵝般的頸到肩的弧線），那所謂的物神之拱廊街，像蝴蝶標本館那乾燥機空氣裡銀光閃閃鱗粉與學會輕聲細語（最好是不說話）只有高跟鞋根在鏡面般的博物館地磚咔咔輕敲的，被重新翻譯出來的女體（除臭、除去液態的下墜意象）。

但此刻我走在這個「已死之境」，灑金落葉在一種詭異的靜寂綠光裡飄落的鐵軌上走著，我感覺我再也回不去那「母系家族之屋」——我母親當時是否苦勸我不要急著離開，等這颱風過去再和她一起回臺北，但我卻執意，且相信，想起我曾經不只一次徒步抄這段鐵路祕境，而能搭上一強大機關引擎、金屬巍然、按時刻表轟隆在地表高速移動的火車——甚至我可能，再也回不去那「活著的時光」了。一個極細微的誤判——微小到像漫天飛舞的蜻蜓，其中一雙的薄翅翼被拔掉了；或某個無聊的旅人用他的長指甲在火車車窗玻璃刮一道細紋——我便永遠失去了那幸福，雖然讓我煩躁，像融化棒棒糖黏膩、一種像第三世界生產過剩廉價物之堆積倉庫的、那群歡樂、易感、缺乏意志、過一天算一天找樂子的那幢透天厝裡的「我母親的親人們」……

我多想依賴一種「雖然弄不懂是怎麼回事，但既然後來的這個我能回憶這段畫面，表示最終我是在『活著』的時光流裡」的經驗機制：眼前的這一切，只是一個偶然，像黑夜點燃的一根火柴，那細木棍燒盡了，這戳出一個洞的火光所照亮的短暫幻境也就煙花般消失了。它不會擴大成將我命運吞噬或關機的「罩住蜘蛛的玻璃酒杯」。像薛丁格的貓，也許有無數的裝著死貓的黑盒子，在一種不讓「活在這邊的人們」看見的繁褶陰影，漂流向無垠的太空。我母親曾說：當初她懷了我，原本是要將這意外的嬰兒流產墮掉，只因當時（年輕的她）有偏頭痛，痛起來求死不得，一位阿姨（那透天厝的廢材中的其中一位？）告訴她一種民間偏方：把這孩子生下來，做月子那四十天好好調理身體的某個關防打開的神祕時光，任何痼疾只可能在這「換體骨」的短暫時限中根除，等關門闔上，就又是纏妳一輩子的病痛。所以我母親後來才生下了我。

一個絞鍊連著的橡皮栓被啵地拔起。於是一種銀光漩渦將那沒有時間故而沒有的「浸泡」，憑空撕出一個黑洞，你如果不意識到這極短暫時刻的打陀螺、動感、生命的幻覺，只是被抓起那虛空而掙擠、無法瞬間移形換位到孔洞那一端的黑影世界……你會以為環繞著自己，是華麗到不可置信的著火的鴉群盤桓、光鼠追咬前一隻同伴尾巴、或上萬隻銀色小魚在一種集體迷醉的狀態交尾著……

所以這段描寫「怎麼可能存在」？如果那一瞬偶然，水滴墜落之瞬被木刀擊成上千銀針、銀毛、或光塵……如同我終於在那暗黑腔腸，回頭，同時強光與暴風撲面之一秒，睜大眼，瞳孔收束成最小，鼻翼、臉頰、嘴唇都像水波漣漪形成薄膜般小皺褶，終於第一次，我在「我自己之外」看見了那張不幸的臉。然後，時速一百五十公里乘以上百噸重的這生鐵鑄的機械怪獸，將我貫穿、重擊、爆裂、永遠封印在這無人知道之隧道、極扁、如一張紙那般薄、垂直的黑暗中。除非我相信，這一切是一個波函數，在不可能的可能，被你收到，打開，閱讀。

字母會

偶然

潘怡帆

評論

H

Hasard

偶然是小說家的殘酷劇場，書寫者以書寫激生事件，然而，偶然卻收回一切必然，取消事件的命名，如同伊底帕斯並未弒父娶母，奧菲斯未在地獄門前回望妻子，尤利西斯錯過海妖，馬克白的匕首沒有找上鄧肯王……偶然背反由書寫決定的必然性，以取消書寫而無法被書寫。然而小說家必須書寫，書寫偶然因此成為他們最艱鉅的任務，必須逆向地書寫，重回必然性誕生之前的猶豫，成為沒渡過盧比孔河的無名凱薩。

一連串的誤會把陳雪寫下的必然性逐一渡換成偶然，夾藏在不同段落裡此起彼落的「錯了」像雪地裡的夜襲，撞翻所有篤定，倉皇乍洩一地。讓人心臟緊縮的不是小說織起宛如好萊塢電影的帷幕：偶然撞見二十年前強暴過自己的那張臉，翻覆全部人生的事件回憶如波濤般席捲而來……不！真正翻覆人心的是對上述說法連鎖效應地全數推翻。主角看見的其實是看錯，記得的其實是記不得，明確的威脅欠缺恐怖感：強暴犯帶著「看起來並不特別鋒利」的方形菜刀，儘管他宣稱這是報復性的強暴，執行時卻更接近「一對交往多年已經沒有情趣的夫妻，例行公事般的性行為」。沒有被警方特殊化地拉起封鎖線，使強暴跌出大事件的想像，傷害的必然性被不斷襲來的偶然感「河蟹／和諧」了。應當翻覆生命的情節一個都沒有發生，從此往後的二十年，主角一如往昔地繼續戀愛、性交、信任男人、結婚生子……。強暴事件最終也化作同吃飯、喝水、睡覺般的日常，那張「占據生命版圖很長時間」的面孔淹沒在街上收來的「各種人的臉」，成為被遺失的臉，不再占據任何記憶體的臉。我們剎那明白，拋棄傷害的方式原來不是掃進角落，置之不理，糾結成繭，而是鍥而不捨地反覆拼貼、爬梳、縮放事件各個局部與毛孔，使事件的必然碎形成偶然，使唯一臉成為眾臉之臉，使唯一事因「錯了」而易容成不再可辨認的「在日常之列」。而當「所有她以為的『必然』都被換成了『偶然』，某種耿耿於懷，無法卸下的重擔，就像被風吹斷的箏線，滑溜溜地隨風翻飛而走」。偶然原來有別於必然，目的在脫序，而後迎來自由，正是通過故事的一再翻改重說，人可以遠離「必然如此」的注定，成為手握骰子之人，反覆摔擲出偶然，使世界從被擒制的瞬刻裡鬆脫，重新開始輪轉。

《獵人格拉庫斯》的船舵「偶然」轉錯方向，他的冥船從此與真正死去錯身，無法死去地持續航向死亡，以「不死」繼續死著。通過手機傳輸的結論「凱同死了」，胡淑雯在小說裡激活了「早在被醫療與葬禮認證之前」死去的凱同，那宛如一陣猛烈的風，一襲曖昧的疼痛一再驗證他人的衰弱，使眾人必須紛紛走避不得不從馴服日常中抹除的人。「死了」讓凱同活了，他通過流言出入於熟識的話題裡，使秩序再次陷入錯亂、騷動與不安。偶然推翻定局，如同骰子離手卻仍舊在空中翻轉，再度收回「一擲」的必然與決斷。死者在繪聲繪影的話題裡活轉，失去與人世一刀兩斷的可能，死亡不再能等同於抹除，話題一再延遲死者的真正死期。以謝幕開場的「凱同死了」啟動胡淑雯的小說，使死神宣判「時間到了」的威信盡失，因為凱同回來了，時間開始了。通過友人間口耳相傳的死因追溯與線索推斷，死去的凱同展開無限生機，然而「死去」使凱同籠罩在神祕的光霧裡，與眾不同。他不在我們之中，而是獨一無二的「死了的凱同」，這件誰也未曾經歷過的事件打開了關於他的話語，死亡把他隔離在我們之外，使他成為眾人極限經驗外之人，越境者、冒險者，亦是最鄰近全能神的邊緣人。他徘徊在友人的經驗邊界上，從阿傑的最後一次，到小郭或敘事者最後一次關於他的記憶。凱同跟著話題一起出現在不同的時間點上，使最後一次永恆不是最後一次，如同他反叛地謝絕一切世間秩序（祥和、穩當、乾淨、完整、健康、愛自己），他也必然被「死去」的最終判決拒於法的門外。凱同不是「走了」或「過世」，而是把狠狠瞪視生命的怒氣蒸騰與勃發的威力灌入「死了」的「再也死不了」。他罄竹難書的幹架、傷害、挑釁秩序、誘導犯罪，與無法計量的自戕痕跡，熱騰騰也血淋淋地把他推向更活，而非更死，「凱同死了」仍有著死亡無法消弭的偶然。

胡淑雯的偶然通過運動推翻定局，駱以軍以絕對靜止之姿接手偶然。小說描述一段無人可通行的祕境鐵道，必須冒著或者從懸空鐵橋墜落，或者被火車從極窄隧道中抹掉的風險。敘述者說：「以上所描述的，不是在做一毀滅性冒險的評估，而是一種死亡的全景攝入的憂悒印象，一種感到心臟都痛起來的『回想』：為什麼我記得我走過不只一次這段山裡的鐵道？不可能啊。不可能我記得這一切，但我卻活著？」必須在鐵道上才能描繪無人可通行的必死之途，「記得」與「活著」的相互矛盾切割大腦成內外的兩重世界，由是駱以軍標誌了其偶然的位置。偶然是不開花結果的腦內世界，一切活著的結果皆已屬必然。骰子無論擲出任何點數都證明必然，因為結果已經出爐。偶然於是與開出的點數無關，卻與膠著在骰子上的視線有關，它處於靜置的骰子之內，通過凝神注視使關於它的各種可能性（滾動的、摔碎的、憑空消失的、蛻變他物的……）開始以全景的方式並置於腦內，動搖「只有一種可能」

的世界觀察。偶然因而是眼花搖晃的世界，這些「怎麼可能存在」的共時之景構成與世界平行的偶然視域，它是通過漫長觀察而啟動的想像世界，亦即世界的小說化。小說化的世界不是另造而是內在的，它從世界的必然中構築意義，如同死亡的必然性通過被貫穿、重擊、摔落、爆裂或擠扁等不同死法的描述複寫成偶然。偶然使「人不免一死」的普遍命題，蛻變成杜斯妥也夫斯基《卡拉馬助夫兄弟》中「如何死」的特異性問題，使全人類共通的終極宿命因為不同意義的賦予，置換成多重差異世界的起點。偶然始於「死去之後」，老卡拉馬助夫之死沒有結束故事，卻使兒子們紛紛以弒父嫌疑人的身分打開同一部小說裡的多重視域。乍看繼續推進的故事其實膠著在同一起謀殺案內部的犯罪追緝，使故事的向前其實是內向地重疊著每位兒子各自不同的弒父時刻。這亦說明了駱以軍如何以最寧靜的祕境啟動偶然，以無人山景召喚「人消失」的百種可能。偶然因而是對不存在之景的建造，通過書寫召喚那未曾被寫下之物，屏蔽可見的寂靜，如同蛙鳴對謐夜的揭幕，回音對空谷的丈量，成為那道使不在場之物在場的虛擬之線。

黃崇凱通過幻象的層層揭露，使小說一再退回起點，以展演另一故事版本話說偶然。偶然是雙目重瞳的視線，從單一的敘述岔出鏡像的對偶故事，從遭遇中隱隱折射出另一重故事與另一層未說之聲。主角小葉與妻子含羞草般對稱的生活終結於妻子的背叛：她突變成空氣鳳梨。宛如離開姐姐掉進兔子洞的愛麗絲，小葉掉出循規蹈矩之外，因為失去了對稱者。一開始，小葉嘗試改用空氣鳳梨的方式（每星期四 五次拿水壺噴嘴把整株空鳳噴個通體濕潤，拿鐵絲圈圍褐色根底部，懸掛在陽光照得到的區域）與妻子相處，卻發現無法延續舊日常規，他於是帶著空氣鳳梨入住植物人安養中心。中心由小葉實習過的學校改建，他負責教育無有悲喜的植物人，自戕成為他喚醒植物人的最終方案。小葉倒下伊時，讀者才赫然發現先前閱讀的，其實是植物人葉先生記憶中的過去世界。幻象的起點因而不是空氣鳳梨，而是小說開篇築起的對稱世界：紙條對摺的兩端、相隔四十年後的生命重疊、對稱的建築、天色與水面的相映、把一年劃分成兩個學期、兩次長假……世界對稱地存在，因為那是對過去自我的再次觀看，所有的敘述總已重複，誠如吳主任對葉先生意識治療的描述：「不斷模仿過去的自我，以逼近原先的模樣。」讀者因而必須重返小說起點，劇中劇地重讀葉先生的腦內世界，如同沉睡的他通過意識模仿過去的自己：小葉。對稱原是為了能再次重疊成同一人的嘗試趨近，然而出乎意料之外，「重複人生」的意識治療，卻使小葉走向未曾發生在過去時間的「在必然之外」：空氣鳳梨。空氣鳳梨不存在過去或現在，它的在場使不存在的時間浮現，使葉先生與小葉的合體其實歧出了「非此非彼」的第三位匿名者。脫離重複意識的匿名者不再是小葉，也不是葉先生（他妻子不是空氣鳳梨），他漂移在兩重故事之外，如同他在植物人（葉先生）面前自戕（殺死小葉）。雙重的謀殺標誌出重回同一世界的不可能性，啟動小說的第三層幻象。倘若重複與回歸從未可能（握著水果刀把自己捅得血花飛濺，徹底偏離先前數千次的行為路徑），誰是葉先生腦內的小葉（讀者閱讀的故事本體）？未曾存在的虛擬人物？或者葉太太植入葉先生腦中的「被幻想」的葉先生？由是，黃崇凱以疊層的描述築起故事必須一再解讀的自體循環與偏航，如同帕門尼德斯所言，「語言不說不藏，它象徵。」言說原來總已在偶然之中。

「一如公主……公主到底像什麼？」顏忠賢透過使寫下之物一再蛻變為指／轉向另外之物，迫使必然轉向偶然。小說一開場便取消了肯定的斷言：不是公主，而是「一如」公主。公主因此不是主角，而是為指出主角（他者）的形容，必須依附名詞以便驗證其描述（形容）的效力。然而，小說中喻體（主詞）欠奉的「一如公主」使譬喻形容的對象成謎（誰如公主？）。拿掉喻體的譬喻，癱瘓了可理解的文法結構，造成閱讀上的遲疑。小說再度拆解喻依（受詞）——「公主像什麼？」少了喻依的「公主」成為無法確定意義的語詞，使陳套的意義失效。如此去頭（主詞／喻體）去尾（受詞／喻依）的譬喻，去蕪存菁地指出小說核心：喻詞。「一如……如……像……就像……好像……」輪轉不休的喻詞串鏈著一個個的名詞，怪異地成為小說裡唯一確鑿的持續發生，使原本固著在名詞裡的意義，因為接力的形容（如……如……）而不停轉向。整篇敘事因此成為宛如移動城堡般巨大的譬喻詞組，用來形容那徹頭徹尾消失或被一再轉向的明確對象。喻詞與繫詞（是）不同，繫詞在語詞之間產生必然性（她「是」公主），相反於此，喻詞在語詞間隔中衍生「非必然」的偶然關聯：小說中日本家教「一如公主」而非「公主」。偶然取消「非如此不可」，使關聯可有可無，使喻詞動搖了被繫詞所固定的意義與故事，通過「像公主」的比喻擴大了經典的意義。「一如公主」做為譬喻修辭中的喻依，使一切皆可諧擬公主：家教、轉世公主、逃離暴力的脆弱少女、疲憊卻撐住全場的從容、公主病，甚至是華麗花布包裹的名貴伴手禮、深山中神藝匠人手裡刨下雪白腰帶般的蘿蔔……這些或物或人的形容因相互譬喻而一再更改

「公主」之意，從遙不可及的「頂峰勝雪」，到承擔世間一切疾苦的公主的永恆之慟／痛。「公主」成為無所不在與無處不至的形容，譬喻著非本尊的「公主之外」。於是，由形容詞串接而成的敘事使每個寫下之詞皆形容言外之物，蛻變為象徵的書寫，使意義潛入偶然之境。

童偉格的偶然是萊布尼茲式的，萊布尼茲說：「我們身在的世界是最好的世界。」看似必然的宇宙運算，以絕對的方式肯定偶然。然而，絕對偶然不導致必然性，亦非以偶然的律法篡位必然，而僅以「無法確認」承認偶然。萊布尼茲「必然最好的世界」寬納現世的一切可能性，他的必然通往所有人（我們身處的），包含薩德的世界。其必然源自對所有偶然的追認，是原則的無限增生，使必然性向「無論什麼都是最好」而開放的絕對偶然。萊布尼茲的世界始於偶然，在偶然中辨識且構成其世界的必然。偶然是世界命運的真正起源，彩球隨機落下後組成命定的號碼，《異鄉人》在偶然的槍響後聽見命運的四個扣門聲，如同他對母親死亡的追認：「今天，媽媽死了。也許是昨天，我不知道。」偶然對命運的生產亦撐開童偉格的小說：「父親過世那刻前後，我正在喝酒，也和學生們聊天，開幾個玩笑，看了一場球，賭贏五塊錢——這些，當然都是事後扣除時差，才對上的。」偶然是被追認的命運，它只在發生後才能作數，在察覺後被布局成命運。敘述者偶然的鬧騰，事後因為父親的共時死亡追認成他命定的反應：毫無悲傷的時刻。如同以球評與劇評來模擬/決定那未曾親臨現場的比賽與演出的誕生，敘述者在得知父親死訊後憶起「並未悲傷」的當時，使偶然凍結成命運的冷酷。有了，便是了。偶然誕生命運，命運卻把偶然爬梳成必然，使事件言之成理，先有果後成因。然而必然性的後見之明無法消弭偶然的發生，推敲母親的遺棄（如何遺棄、在遺棄之後）無法取消她突然徹底不耐的離家，「那片啟動父親失智症的最初冷雨層底」是如何鬆動封閉如蠶繭的他土石流般連迭抱怨？如同哥哥企圖在「走山一併走了農路」後找回一條路，在命運的必然性中看不見使命運誕生的偶然蹤跡，正因杳無音訊，以至於誰也阻止不了偶然的擊發。如同在萊布尼茲必然最好的世界裡，偶然從未停止誕生。

偶然是對一切法則的崩壞，然而崩壞卻無法構成任何法則，於是六位小說家六種以上的偶然想像，見證書寫的「每一次出手都重新肯定偶然的力量」。

作者簡介

◉策畫

楊凱麟

一九六八年生，嘉義人。巴黎第八大學哲學場域與轉型研究所博士，臺北藝術大學藝術跨域研究所教授。研究當代法國哲學、美學與文學。著有《虛構集：哲學工作筆記》、《書寫與影像：法國思想，在地實踐》、《分裂分析福柯》、《分裂分析德勒茲》與《祖父的六抽小櫃》；譯有《消失的美學》、《德勒茲論傅柯》、《德勒茲，存有的喧囂》等。

◉小說作者（依姓名筆畫）

胡淑雯

一九七〇年生，臺北人。著有長篇小說《太陽的血是黑的》；短篇小說《哀豔是童年》；歷史書寫《無法送達的遺書：記那些在恐怖年代失落的人》（主編、合著）。

陳雪

一九七〇年生，臺中人。著有長篇小說《摩天大樓》、《迷宮中的戀人》、《附魔者》、《無人知曉的我》、《陳春天》、《橋上的孩子》、《愛情酒店》、《惡魔的女兒》；短篇小說《她睡著時他最愛她》、《蝴蝶》、《鬼手》、《夢遊1994》、《惡女書》；散文《像我這樣的一個拉子》、《我們都是千瘡百孔的戀人》、《戀愛課：戀人的五十道習題》、《臺妹時光》、《人妻日記》（合著）、《天使熱愛的生活》、《只愛陌生人：峇里島》。

童偉格

一九七七年生，萬里人。著有長篇小說《西北雨》、《無傷時代》；短篇小說《王考》；散文《童話故事》；舞臺劇本《小事》。

黃崇凱

一九八一年生，雲林人。著有長篇小說《文藝春秋》、《黃色小說》、《壞掉的人》、《比冥王星更遠的地方》；短篇小說《靴子腿》。

駱以軍

一九六七年生，臺北人，祖籍安徽無為。著有長篇小說《匡超人》、《女兒》、《西夏旅館》、《我未來次子關於我的回憶》、《遠方》、《遺悲懷》、《月球姓氏》、《第三個舞者》；短篇小說《降生十二星座》、《我們》、《妻夢狗》、《我們自夜闇的酒館離開》、《紅字團》；詩集《棄的故事》；散文《胡人說書》、《肥瘦對寫》（合著）、《願我們的歡樂長留：小兒子2》、《小兒子》、《臉之書》、《經濟大蕭條時期的夢遊街》、《我愛羅》；童話《和小星說童話》等。

顏忠賢

一九六五年生，彰化人。著有長篇小說《三寶西洋鑑》、《寶島大旅社》、《殘念》、《老天使俱樂部》；詩集《世界盡頭》，散文《壞設計達人》、《穿著Vivienne Westwood馬甲的灰姑娘》、《明信片旅行主義》、《時髦讀書機器》、《巴黎與臺北的密談》、《軟城市》、《無深度旅遊指南》、《電影妄想症》；論文集《影像地誌學》、《不在場——顏忠賢空間學論文集》；藝術作品集《軟建築》、《偷偷混亂：一個不前衛藝術家在紐約的一年》、《鬼畫符》、《雲，及其不明飛行物》、《刺身》、《阿賢》、《J-SHOT：我的耶路撒冷陰影》、《J-WALK：我的耶路撒冷症候群》、《遊——一種建築的說書術，或是五回城市的奧德塞》等。

◉評論

潘怡帆

一九七八年生，高雄人。巴黎第十大學哲學博士。專業領域為法國當代哲學及文學理論，現為科技部人文社會科學研究中心博士後研究員。著有《論書寫：莫里斯．布朗肖思想中那不可言明的問題》、〈重複或差異的「寫作」：論郭松棻的〈寫作〉與〈論寫作〉〉等；譯有《論幸福》、《從卡夫卡到卡夫卡》。

字母會——A——未　來

A COMME AVENIR

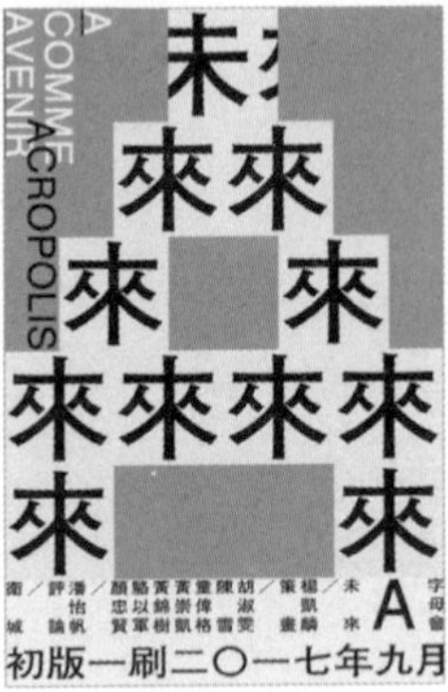

除了面對尚未到來的人民，
不知書寫還能做什麼？

未來意味著與當下的時間差，小說家必須在時間差當中飛躍，以抵達眾人尚未抵達之地。黃錦樹以馬來半島特殊的鬥魚，從物種面臨的殘酷生死中，反應人對死亡的恐懼；陳雪描述生命的故障與修復，有未來的人也是會邁向死亡的人；童偉格描述死亡無法終止記憶，甚至成為一再回溯的萬有引力，陳述人邁向未來之重；胡淑雯以童年的結束，描述未來是如何開始的；顏忠賢筆下的人是在荒謬與無謂的等待狀態中被推向未來；駱以軍以旅館的空間隱喻死後的場所；黃崇凱則將人類移民火星的未來新聞化為事實。

字母會——B——巴洛克

B COMME BAROQUE

一種過度的能量就地凹陷成字的迷宮

迷宮無所不在，無所不是，巴洛克以任一極小且全新的切點，照見世界各種面向，繁複是因為它總是在去而復返，它重來卻總是無法回到原點。童偉格以回覆眼鏡行寄來的一張廣告明信片，建構記憶的迷宮；黃錦樹以一如謎的情報員隱喻殖民地被竊走與被停滯的時間，所有的青年從此只是遲到之人；駱以軍以超商、酒館、社區大學與咖啡館等場所，提取人與人如街景的關係，無關就是相關；陳雪的盲眼按摩師從一個身體讀出一生曾經歷的女性；胡淑雯在一起報社性騷擾事件表露各說各話的癲狂；顏忠賢描述人生就是一齣恐怖與不斷出差錯的舞臺劇，只能又著急又同情；黃崇凱則揭開一場跨年夜企圖破紀錄的約炮接力，在迷宮中的回聲不是對話，而是肉體與肉體的撞擊。

字母會——C——獨　身

C COMME CÉLIBATAIRE

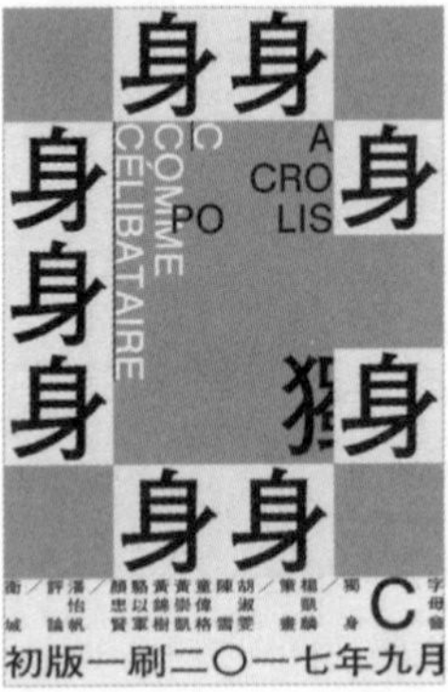

當我們感受到孤獨這個詞要意味什麼，
似乎我們就學到一些關於藝術的事。

文學的冒險，觀照一切孤獨與難以歸類之物，意味著書寫與閱讀的終將孤獨。黃錦樹敘述遁隱深林最後的馬共，戰役過後獨自抱存革命理想；童偉格將一個人拋置於無人值班的旅館；胡淑雯凝視女變男者的崩潰與自我建立；顏忠賢以猶豫接下家傳旅館與廟公之職的年輕人，描述一個很不一樣的天命；駱以軍以如同狗仔隊偷拍的鏡頭，組裝人生一場場難以寫入小說的過場戲；陳雪描寫小說家之孤獨，看著現實人物在他的故事裡闖進又闖出；黃崇凱以香港與臺灣兩個書店老闆的處境，假設一九九七年香港與臺灣同時回歸中國，書店在政治之中成為一個孤獨的場所。

字母會——D——差　異

D COMME DIFFÉRENCE

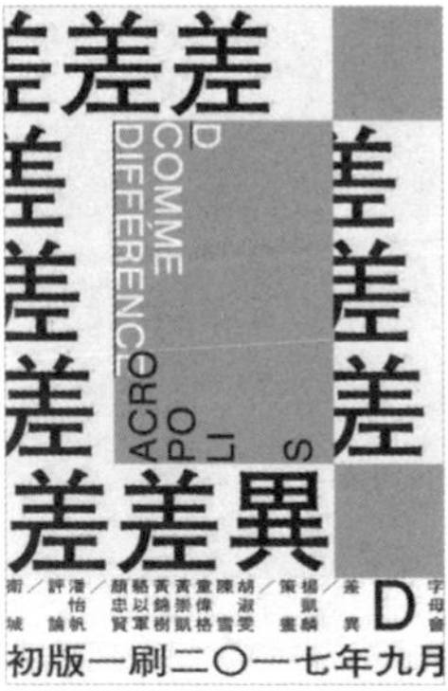

必須相信甚至信仰「有差異，而非沒有」，
那麼書寫才有意義。

差異是文學的最高級形式，差異書寫與書寫差異，使得文學史更像是一部「壞孩子」的歷史。顏忠賢從民間信仰安太歲切入，描繪安於或不安於信仰的心態；陳雪在變性與跨性別者間看見差異與相同；胡淑雯以客觀與主觀兩種口吻，講述同一次性義工經驗；黃崇凱提出電車難題的版本，解答一則主婦與研究生外遇的結局；駱以軍從一對老少配，描述遲暮的女體之幻影如外星偵測；黃錦樹寫革命分子戰爭殘存的斷臂仍書寫歷史不輟，而後蛻化再生；童偉格以最後一個莫拉亞人的經歷，在悲傷的滅絕中仍保持擬人姿態。

字母會——E——事　件

E COMME ÉVÉNEMENT

小說本身便是事件，
小說必須讓自身成為由書寫強勢迫出的語言事件。

小說不是陳述故事，而是透過語言讓事件激烈發生的場域。陳雪以尋找母親，描述一起事件成為生命的ground zero原爆點；童偉格描寫自認為沒有故事的平凡送貨員，卻有著扭轉一生的事件；駱以軍以香港尋人之旅，寫出事件如何製造裂痕導致毀滅；顏忠賢描述瑜珈中心裡罹癌化療、一位如溼婆的女子，思索末世福音的矛盾；胡淑雯在兒童樂園遠足中，揭露專屬兒童的恐懼與壓抑；黃崇凱讓民俗信仰飛出外太空，萬善爺可以當駭客、辦電玩比賽或者去KTV熱唱：黃錦樹以一棵大樹下的祖墳的魔幻事件，見證主角的成人。

字母會——F——虛　構

F COMME FICTION

虛構首先來自語言全新創造的時空，
這是文學抽筋換骨、斷死續生的光之幻術。

虛構不是創造不可見之物，而是可見與不可見之間的戰役，使可見的不可見性被認識，這就是書寫最激進之處。駱以軍以臉書上的「神經病」挑戰記憶的可信度，與讀者共同辯證不可置信故事的真實性；黃崇凱虛構臺灣與吐瓦魯合併下的婚姻，為非常寫實的新移民故事；陳雪讓抑鬱症患者以寫小說拼湊身世，從而看見活過的人生不過是其中一種版本；胡淑雯描述年幼期的跳躍，可能來自一次偶然幾近自我虛構的擾動；顏忠賢講述峇里島魚神帶來的祈求與恐懼，來自於祂在人類腦中放入的一種暗示，信仰有自行啟動虛構的能力；黃錦樹以連環夢境重新編輯時空，夢的虛構也是人類經驗的來源；童偉格以老者的眼光，表白人生如倖存者般，要使曾經歷的一切留存為真。

字母會 G系譜學

L'abécédaire de la littérature:
G comme Généalogie

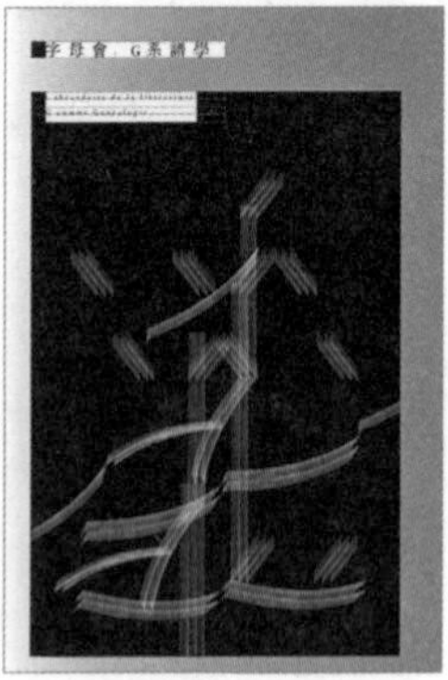

小說家首先是一個系譜學者，
小說書寫等於重新思考小說的起源與誕生。

系譜學講述的不是繼承的故事，字母G是確認更多的差異，以成為小說重新誕生的條件。童偉格以探訪友人新生兒之舉，描寫系譜學所啟動的是記憶與關係的反覆確認。黃崇凱描寫在隔代教養少年，成長到父母意外懷孕生下自己的年歲，如何重新理解父母抉擇與他們的人生。顏忠賢則以孿生姊妹對刺青的態度外顯她們的巨大差異，但仍可靠想像擁有共同的本質。胡淑雯描寫政治犯家庭在夾縫中延續的三代史，從奮鬥求生轉為日常的家庭肥皂劇。駱以軍以一場國中老同學的對話，拼湊出三十年來同代人的交集，與其後成長的變異。陳雪述說兩位繼承者的故事，一位人生落魄的寫手，幫另位背負家族記憶債務與資產的女子代寫傳記，完成後才理解原來那段時光使自己不致自殺。

字母會 I無人稱

L'abécédaire de la littérature:
I comme Impersonnel

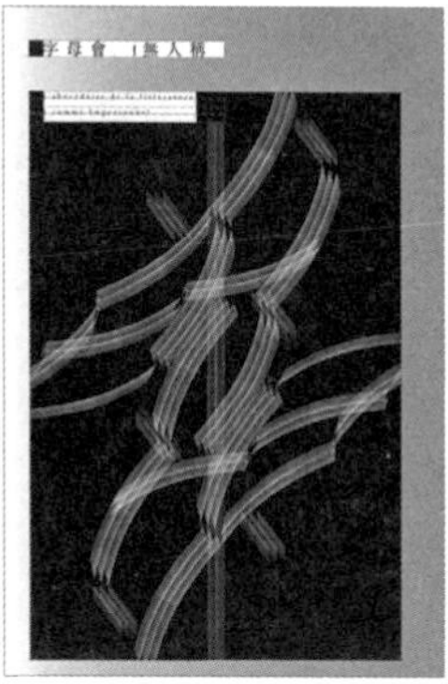

文學是無人稱的，因為它總是在分子的層級發生，在「人」與角色誕生之前便已風起雲湧。

不是你、我、他，亦非你們、我們、他們。字母I渴求對角色、人物的背叛、替代與監禁，藉由無人稱的狀態抵達真正的人。盧郁佳描繪一個失能家庭出身的女孩，拋棄自己的姓名，偷換制服、穿上新的名字，在底層社會依舊茫然生存。陳雪寫一名遭囚禁的女子，日久竟習慣受囚的日子與囚禁者的對待，開始在意識中編造另一個故事版本。童偉格筆下沒有名字的移工為被照護者讀信，並為所讀的信編造故事，在不斷的下一個「我」來臨之前，只剩下故事。駱以軍追尋一份消失的珍貴手稿，因見過手稿的人也一一消失，連帶手稿曾經存在也無人可證。顏忠賢藉由亂轉電視一邊亂聊，展現日常生活各種被激起的無規則思緒。胡淑雯描述主角在大學摯友的葬禮上，發現兩家同為政治受難家庭，但多年後卻記不起摯友的名字。黃崇凱則以臺灣本島東移寓言臺灣人不知所屬的心結與遭架空存在的命運。

字母會 J賭局

L'abécédaire de la littérature:
J comme Jeu

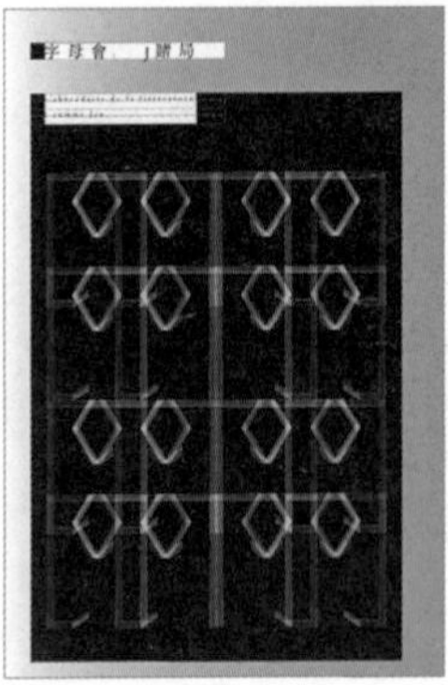

贏家不是不輸的人，而是懂得如何肯定與繁衍偶然，換言之，懂得玩（且真的玩）的人。

文學是賭局製造機。字母J開出一場場文學賭局，講究的不是輸贏，而是玩家的意志。黃崇凱從投資夾娃娃機現象的蓬勃，及夾娃娃機本身以小博大的遊戲規則，描繪臺灣獨有的賭徒性格。陳雪描寫沉迷聊天室約陌生人的女子，追求每次每次相約皆翻出不同可能的刺激感。胡淑雯描寫遭遇公車上性騷擾者犯行，被騷擾者賭上自身，以跟蹤等反侵略施以懲罰。顏忠賢描寫陷入憂鬱症藥物副作用的女子，在舞蹈中將身體交出去，超度自己的命與痛。童偉格透過見證小叔叔自殺之事，描寫人生如賽局理論的囚徒，生死成敗都是人生最佳策略。駱以軍以一名作家少時做出猥褻舉動在多年後面臨的窘況，描繪付出窺見黑暗不可見之處的代價。

字母會 K卡夫卡

L'abécédaire de la littérature: K comme Kafka

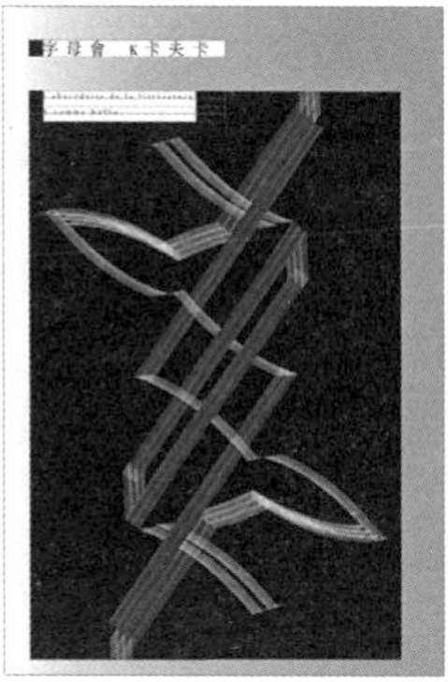

每個字句、情節與故事都被撕扯，並因此成為陌異，文學於是降臨在此不可能的空缺之中。

卡夫卡使人類思考書寫的宿命性，書寫是不可能的，但這同時成為必須書寫的原因，字母K的作品展現這些魔術時刻。駱以軍描述人居住過的住所是記憶的迷宮，以一棟四樓八戶的公寓為舞臺，當中妻子不見了的K，發現妻子已成迷宮的一部分。顏忠賢探討命的荒謬與不可算，主角的姊姊向仙姑拜師算命，對命的貪婪卻只是讓人變成墮入惡夢的怪物。陳雪筆下的作家以寫作治療自己童年的一場惡夢，她變形成鴨子後，要如何再度為人。黃崇凱則以平凡公務員在路上撿到一尾魚開始，描述同志冥婚奇遇。童偉格以獨自看哨的看守員接連精神失常的經過，說明荒謬的不是迷宮，而是對迷宮的忠誠。胡淑雯的連體嬰寓言是人追求獨立必須忍痛砍斷自己的過程。

字母會 L逃逸線

L'abécédaire de la littérature:
L comme Ligne de Fuite

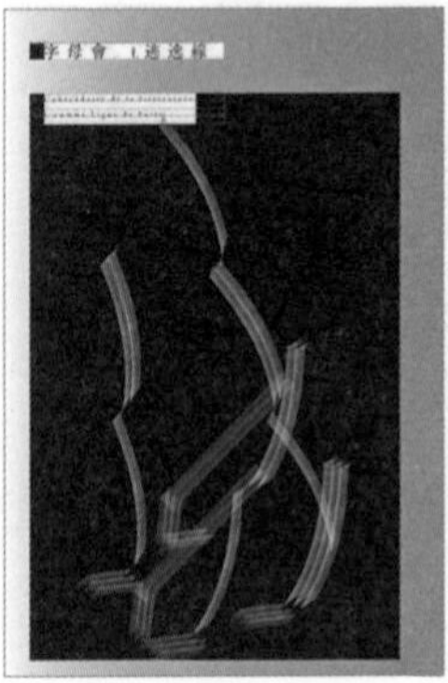

逃逸絲毫不是避世，
而是為了尋獲嶄新的武器。

存在本身即是最大的沉溺，必須逃逸與移動才得以啟動時間，字母L以各種逃逸線畫出人間最奇特的時間地圖。黃崇凱描述一個離婚男子因無聊借閱其他人的人生，參看偽娘者擁有的「正常」家庭生活，質問性別框架與逃逸的可能性。胡淑雯則敘述一個想要變更性別者，必須不被過去追上的逃亡人生。顏忠賢以一個受尿床困擾多年的女性，諷刺童年恐懼之事的結束，卻是人生停滯的開始。陳雪透過一位寫作者同時渴求以形而上的寫作，與形而下的藥物，從疾病中逃離、解脫。駱以軍以同輩作家的葬禮揭開同代人的倖存紀錄。童偉格濃縮村落史詩，隱喻一切歷史皆缺乏起源。

字母會 M死亡

L'abécédaire de la littérature:
M comme Mort

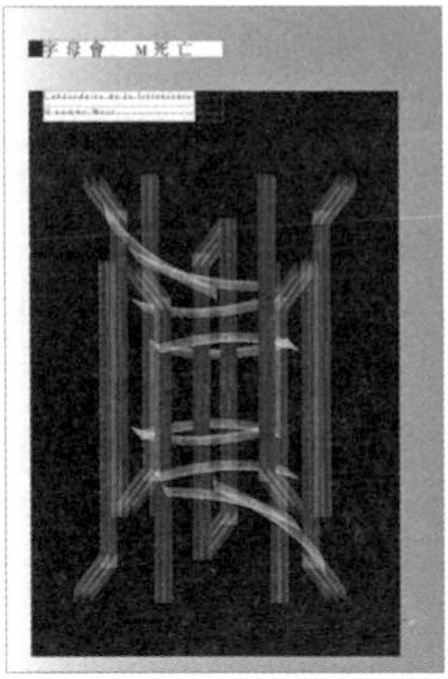

文學則在與虛構與非現實的親緣性上，已是某種「預知死亡記事」。

死亡是終極性的事件，字母M描述必定存在的死亡如何發動一切生存的欲望。胡淑雯描述異卵同胎哥哥在落水死亡後，被死亡重傷的主角因一隻受傷的鳥的生命力，得到生的欲望。陳雪則以母親的服藥身亡，描述死者將占據我們對愛的記憶，甚至不斷附身於活體之人供我們追尋。顏忠賢描繪我們都活在被死亡瞪視的處境，死人變妖怪的不死術，卻使不死比死亡更加恐怖。駱以軍闡述任何書寫都是一本生死簿，文字審判生死也審判真假。童偉格描寫建造擬像包圍家鄉死訊之人，最終面臨可能自己就是迷宮中的怪物彌諾陶洛斯。黃崇凱諷諭文學史是一部與死亡鬥爭的歷史，作家以創作留名抵抗死亡，最後卻是獨留空白的訃聞、遺作等著被變造、換取。

陳雪專輯以企畫專題「承認情感匱乏」前導。情感是人的標記，是人與他人關係之源，各種共同體存在可能的基礎，因此不僅是研究者與創作者探究幾千年的重要課題，更是凡人每日所需、所困與追尋一生的命題。蔡慶樺、魏明毅、黃哲斌分別從哲學史、社會心理、網路現象三方角度切入，探討當代社會情感匱乏現象，以深入關照當代人的內在困境，呼應本期「陳雪專輯」。一九九五年因《惡女書》成名而被冠上酷兒作家的陳雪，在二十多年的不斷蛻變中，以著作撐開家庭創傷、愛與性的冒險、同性戀與異性戀的情感追尋與各種被妖魔化的生命。曾經人生如著火入魔的陳雪，二〇一一年與同性伴侶早餐人的婚姻宣告之後，如地獄不空誓不成佛的地藏王，以拉子姿態成為戀愛教主。專輯將以四篇評論與專訪呈現陳雪的追尋之路。字母會策畫者楊凱麟在作家論中以「affect（情感）」為陳雪的關鍵字，評論陳雪是精神與肉身皆升壓的「情感競技」。兩位書評者，王智明以陳雪最新散文集《像我這樣的一個拉子》，評述陳雪如何自白拉子的淬鍊，並從飛蛾撲火的陳雅玲以寫作羽化成蝶，再造自己為小說家陳雪；辜炳達從建築空間與推理文類的發展史，重新定位《摩天大樓》落在世界文學史上的位置。人物評論則由楊美紅撰寫陳雪作品中來自底層的滾動力道。本期專訪則由兩家出版社編輯聯訪陳雪，陳雪將道出如何以文學自我教養，持續書寫所欲捕捉的傷害之內核，及二十多年來寫作的階段性變化，並談及近年寫臉書、散文，以及參與同志運動的想法，陳雪如今已是一個活活潑潑的陳雪。

字母LETTER：陳雪專輯
Vol.2 2017 Dec. 定價250元

字母LETTER
陳雪專輯　2017 Dec. Vol.2

專訪試讀

現在是活活潑潑的陳雪

陳雪vs.
林秀梅（麥田出版副總編輯）、
莊瑞琳（衛城出版總編輯）

日期：2017.10.27　14:30~18:00
地點：永和　小小書房

莊瑞琳　對於作家身分的認同，在妳心中是怎麼慢慢形成的？妳的成長環境是非常普通，甚至不好的，作家這個行業又跟錢背道而馳。妳本來是一個「生意子」，而且妳很有天分，很會賣東西，那是怎麼變成作家陳雪的？是什麼過程，讓妳堅定要成為一個作家？而且要以寫作維生？

陳　雪　我二十五歲出第一本書，二十六歲出第二本，到二十九歲時已經出了四本小說，但我從來沒有覺得自己是作家。因為我一邊賣衣服、一邊送貨，一邊還債，家人也很反對我寫作，寫作變成我個人的祕密。我的生活裡面，因為常常要去送貨，如果提到我是作家，很怪，而且我覺得我不是作家，我只是一個小販，一個業務員。我年輕時也很叛逆，覺得說自己是作家好像很做作。我當然熱愛創作，寫作是我終身要做的事，但我覺得那比較像是我自己的祕密。那時候我也很少跟外界接觸，我想保護我的寫作，因為我寫的東西很禁忌，也很大膽，我不想要別人來干擾我，來提問為什麼要這樣寫。我骨子裡很怪，有一部分是個好孩子，我不想要好孩子這個身分影響我的創作，我就特別低調不讓人家知道。

我看問題裡有提到舞鶴，舞鶴對我有蠻大的影響。我記得第一次看到他，是去評東海文學獎，也是我第一次評文學獎，大概就是二十七、二十八歲，那也是我第一次看到駱以軍。我本來覺得自己就是一個擺地攤的，不知道為什麼會有人打電話邀請我去評文學獎，當時我沒有得過文學獎，至今也沒有。我跟舞鶴同場，那時候很幼稚，也不太會評審。最好笑的是，我穿一件很怪的衣服，舞鶴還問我為什麼穿這樣，反正就是很俗豔、露肩，想刻意展現性感。我記得他問我在幹嘛，我就說我在賣手錶，他說，妳幹嘛還賣手錶，妳應該寫小說。我說，可以只有寫小說嗎？他說可以啊，妳應該什麼都不要做，就是寫小說。對我來說，這就像是一個咒語，有一個人跟妳說，妳可以這樣做。我心裡還想說，難道他很肯定我嗎，其實他不認識我，當然我就送了他一本《惡女書》。我們兩個有點小小的緣分，後來我去訪問過他。那時他又再次跟我說，妳不應該再做那些工作了，妳應該寫小說。第一次讓我想到，我可以做一個小說家，可能就是舞鶴吧。而且他真的就是沒在做什麼，就是寫小說。我看到他的時候，我還蠻震驚的，他住在一個什麼都沒有的房子，我永遠都不會忘記，就是一棟透天厝，所有家具都是房東給的。我認識他本人之前，就有人跟我說，他是一個有精神病的原住民作家。我就很興奮，馬上去找了《悲傷》來看。我見到他的時候，是帶著一種很景仰的心情，因為我非常喜歡他那本《悲傷》。採訪他的時候本來只是在樓下，我就說可不可以參觀你的書房，那其實是一個房間，什麼都沒有，只有兩三本很奇怪的書，一張學生書桌，讓人印象很深的是，那房間非常乾淨，地上卻有非常多頭髮，桌上有稿子。說真的，他對我影響很大，妳可以什麼都沒有，滿地的頭髮就可以成為作家。人家可能是滿屋子藏書，但他沒有。我還問他，你都吃什麼，他就給我看電鍋，裡面就是紅豆薏仁飯。作家就是這樣，作品、米跟一張桌子就好。但他跟我說了蠻多竅門，他說他會鍛鍊身體，做伏地挺身之類。

採訪他已經是一九九九年的事情，我還沒成為專業作家。但他已經在我心裡種下，專業作家就是這樣。但我那時候要還家裡的債，還有很多心裡的負擔。精神科醫師一直鼓勵我，我那時憂鬱症很重，但他覺得我沒有憂鬱症，是因為環境造成的，他說我想要寫作但一直沒辦法，當然會憂鬱。滿地頭髮的舞鶴也一直鼓勵我要專業寫作，這兩個驅力一直讓我覺得要排除一切，去某個地方寫小說。到二〇〇二年，我終於到臺北了，沒有工作，開始寫小說。實際上我還不覺得自己是作家，只是躲在一個祕密的地方偷偷寫東西。寫《陳春天》的時候，我還有回去打工，每個月會去送貨好幾天，有一次我們送貨到花蓮，因為《陳春天》中國時報有採訪我，我以前不喜歡讓人家登照片，但那次照片放很大。我去送貨時，文具店老闆娘叫我簽貨單，她一直看著我，說陳小姐我看過妳，在報紙上看過妳，妳是不是作家。我就說，妳覺得我像作家嗎？她說像又不像，但那個（照片）真的很像妳。我說我就大眾臉啊，簽完我就走了。直到那一刻我還是沒辦法說我是作家，但我心裡知道，這可能是將來要去面對的問題。我真的很自然覺得自己是作家，是到寫《附魔者》的時候，那時都已經認識駱以軍他們了。我打從心裡覺得自己是作家，已經職業寫作很久了。

林秀梅　剛剛提到鍛鍊身體，我讀《巴黎評論》，海明威提到寫作之於他就像是拳擊（表明作家保持良好健康狀態的重要）。這件事對作家來講是不是很重要？妳如何維持健康狀態？

陳　雪　年輕的時候沒有想到，年輕時就是損耗自己，常在夜裡寫作，白天就是勞力的工作。真正完全改變，就是寫《附魔者》，我發現我前面的寫作方法是不對的。我來臺北之後的寫作方法跟臺中不一樣，以前是半夜寫，好像還債一樣，白天身為一個人的責任已經完了，晚上就來寫小說，但那樣寫也寫不長，《惡魔的女兒》最多就是十萬字。但我的個性想寫大的作品，喜歡寫長篇小說。到臺北來，開始把長度慢慢增加，寫《橋上的孩子》是一篇一篇寫，當時已經沒有工作了，也試著去抓出要怎麼調配時間。我從小身體不好，不用上體育課，曬太陽會昏倒，所以沒想過要運動。只是會想說要怎麼專業寫作，我的方法是，就像上班族一樣，早上起來寫，寫到晚上。但那樣的效率並不好，所以寫《橋上的孩子》跟《陳春天》過程都很痛苦，找不到方法，一直在苦熬，每天八小時在熬，寫不出來也要罰坐，我會一直強迫自己，因為我會覺得好不容易來臺北寫作，不應該浪費時間。

寫《附魔者》，做了非常多改變。其實在之前，我已經出了不少長篇與短篇作品，那時候也認識楊凱麟、駱以軍這些好朋友，我意識到我必須有所改變，想要從內在徹底改變自己，但又不知道怎麼改變。我重新做了一次書的整理，寫《附魔者》之前大概有八個月，都在讀書，讀普魯斯特《追憶逝水年華》，讀《卡拉馬助夫兄弟們》、《罪與罰》，還有大江健三郎，我以前沒有很認真讀過大江，還有波赫士。其實說真的，那時才讀波赫士，我都是自學，每次聚會都是這樣，他們提什麼書，我第二天就跑去政大書城買。一開始聚會我還蠻自卑的，因為我什麼都沒聽過，第二天就去書店買，回去狂讀。所以就是再次經歷一次大爆發，讀了蠻久，因為有的書我都用抄的，抄了好幾本。那八個月從早到晚，完全沒有寫作，就是一直讀。我想洗我的文字。〔……〕總之那時候就偷偷學，我在寫《附魔者》時當然經過很多困難的抉擇，我覺得我應該改變寫作方法，應該是那個時候，聽到有一個作家說，早上起床就寫作，我就想，這是一種方法，那我也要這樣。我那時候有去練瑜珈，因為那陣子身體不太好，也想去學游泳。在寫《附魔者》時，就想說早上起來寫一千字，寫完就休息，我發現這樣好像可以寫得比較好。因為我知道那本書我會寫很長，會超過二十萬字，我從來沒有寫過這麼長，體力上是個很大的挑戰。這個方法很有用，因為我有很多打工，要寫稿要演講，就變成下午我才去做其他事情，變得非常規律。每天寫一千字，如果沒工作我就會去練瑜珈，或者去游泳池裡面走路。我就只是想要練體力，也沒想到可以去健身房，但那時我也沒錢。那時候就處在一個非常好的狀態，有時候一兩點就寫完一千字，下午可以看書散步。我發現這樣的寫作，可以用一種很好的狀態，把很大的一本長篇小說寫完，大概不到一年就寫完。很規律，我會每天把字數寫在行事曆下面，我一直在想說，這如果是錢就好了。

• 完整內容請見《字母LETTER：陳雪專輯》

字母 10

字母會H偶然

作者——楊凱麟、胡淑雯、陳雪、童偉格、顏忠賢、黃崇凱、駱以軍、潘怡帆

總編輯——莊瑞琳
責任編輯——吳芳碩
行銷企畫——甘彩蓉
封面設計——何佳興
內頁設計——張瑜卿
排版——宸遠彩藝

社長——郭重興
發行人兼出版總監——曾大福
出版——衛城出版／遠足文化事業股份有限公司
發行——遠足文化事業股份有限公司
地址——二三一四一 新北市新店區民權路一〇八—二號九樓
電話——〇二—二二一八—一四一七
傳真——〇二—八六六七—〇六五
客服專線——〇八〇〇—二二一—〇二九
法律顧問——華洋國際專利商標事務所 蘇文生律師
製版——瑞豐電腦製版印刷股份有限公司
初版——二〇一八年一月
定價——二八〇元

國家圖書館出版品預行編目資料

字母會H偶然 / 楊凱麟等作.
－初版.－新北市：衛城出版：遠足文化發行，2018.01
面；　公分.－(字母；10)
ISBN　978-986-95892-4-6(平裝)
857.61　　　106025197

ACRO POLIS 衛城

字母會
FACEBOOK

填寫本書
線上回函

● 親愛的讀者你好，非常感謝你購買衛城出版品。
我們非常需要你的意見，請於回函中告訴我們你對此書的意見，
我們會針對你的意見加強改進。

若不方便郵寄回函，歡迎傳真或EMAIL給我們。
傳真電話——02-2218-8057
EMAIL——acropolis@bookrep.com.tw

或上網搜尋「衛城出版FACEBOOK」
http://www.facebook.com/acropolispublish

● 讀者資料

你的性別是 □ 男性 □ 女性 □ 其他

你的職業是 ____________________ 你的最高學歷是 ____________________

年齡 □ 20 歲以下 □ 21-30 歲 □ 31-40 歲 □ 41-50 歲 □ 51-60 歲 □ 61 歲以上

若你願意留下 e-mail，我們將優先寄送 ____________________ 衛城出版相關活動訊息與優惠活動

● 購書資料

● 請問你是從哪裡得知本書出版訊息？（可複選）
□ 實體書店 □ 網路書店 □ 報紙 □ 電視 □ 網路 □ 廣播 □ 雜誌 □ 朋友介紹
□ 參加講座活動 □ 其他 ________

● 是在哪裡購買的呢？（單選）
□ 實體連鎖書店 □ 網路書店 □ 獨立書店 □ 傳統書店 □ 團購 □ 其他 ________

● 讓你燃起購買慾的主要原因是？（可複選）
□ 對此類主題感興趣 □ 參加講座後，覺得好像不賴
□ 覺得書籍設計好美，看起來好有質感！ □ 價格優惠吸引我
□ 議題好熱，好像很多人都在看，我也想知道裡面在寫什麼 □ 其實我沒有買書啦！這是送（借）的
□ 其他 ________

● 如果你覺得這本書還不錯，那它的優點是？（可複選）
□ 內容主題具參考價值 □ 文筆流暢 □ 書籍整體設計優美 □ 價格實在 □ 其他 ________

● 如果你覺得這本書讓你好失望，請務必告訴我們它的缺點（可複選）
□ 內容與想像中不符 □ 文筆不流暢 □ 印刷品質差 □ 版面設計影響閱讀 □ 價格偏高 □ 其他 ________

● 大都經由哪些管道得到書籍出版訊息？（可複選）
□ 實體書店 □ 網路書店 □ 報紙 □ 電視 □ 網路 □ 廣播 □ 親友介紹 □ 圖書館 □ 其他 ________

● 習慣購書的地方是？（可複選）
□ 實體連鎖書店 □ 網路書店 □ 獨立書店 □ 傳統書店 □ 學校團購 □ 其他 ________

● 如果你發現書中錯字或是內文有任何需要改進之處，請不吝給我們指教，我們將於再版時更正錯誤

請沿虛線剪下

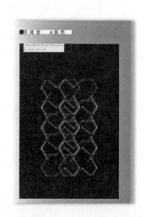